CRÍTICA POPULAR

LEOPOLDO ALAS CLARÍN

El propósito que quiero resumir en el título general de estos artículos se reduce a un ensayo de *crítica popular*: así como hay escritores que consagran parte de su atención y de su trabajo a popularizar el tecnicismo de las artes o a divulgar, en forma clara y asequible a todos, los principios y los resultados de las ciencias principales, también se puede, y yo creo que se debe, popularizar la literatura. Ya se sabe que no se ha de pretender convertir en literatos a todos los lectores, como nadie pretende tampoco, con obras como las de Flammarion, Figuier y las que aparecen en las colecciones de Manuales útiles de artes y oficios, convertir en doctores ni en maestros a los que leyeren. No podría caer mayor calamidad sobre el mundo que el milagro de infundir la sabiduría de un bachiller de los ordinarios a todos los habitantes del planeta. Yo, que soy bachiller, sin perjuicio de ser doctor también, creo firmemente que la sociedad se acabaría si todos fuésemos bachilleres. No se trata de eso, sino de atemperarse al sentido aceptable que tiene el refrán que dice: «el saber no ocupa lugar».

Un saber desinteresado, sin pretensiones de perfecto, ni siquiera de académico; un saber que sea *divinarum atque humanarum rerum notitia*, noticia de las cosas divinas y humanas, pero no *scientia*, no ciencia, en vez de perjudicar, conviene; y la civilización, que perdería mucho con que todos los ciudadanos fuesen a las Universidades, gana bastante con que el nivel general de los conocimientos suba, y llegue a noticia de todos lo esencial de cuanto constituye el caudal de la llamada ciencia humana.

Estos conocimientos generales sirven más como elementos de educación que como otra cosa; y si esto es verdad respecto de todos los estudios, lo es de un modo evidente en lo que toca a las letras. Pero como el asunto tratado así en abstracto exige muchas disquisiciones, voy a referir mis argumentos a las materias a que mis ensayos se refieren.

La literatura no le importa al pueblo en el mismo concepto que al erudito, al preceptista, al crítico, al artista, al sociólogo, o al filósofo. Hegel no ve en la historia de las letras lo mismo que Spencer o Taine, ni estos, lo mismo que V. Hugo, ni este lo mismo que Sainte-Beuve, ni este lo mismo que Boileau, ni este lo mismo que... Fernández Guerra. El pueblo no necesita ver en las letras ni el aparato de la bibliografía, ni los modelos didácticos de géneros retóricos, ni el material a que ha de aplicar especiales aptitudes del gusto y del juicio, ni ejemplos que seguir o reformar, ni signos de cultura que le sirvan de datos para inducir leyes sociales, ni revelaciones de la psicología humana; no necesita ver nada de eso especialmente, sino algo de todo ello, en conjunto, y sobre todo ocasión para depurar los propios sentimientos, ejercitar sus potencias anímicas todas, y aumentar el caudal de ideas nobles y desinteresadas.

Esta popularización de las letras podría extenderse a todos los géneros y a todos sus aspectos y tiempos; pero yo concreto mis ensayos a tres principales asuntos generales: las letras clásicas (griegas y romanas), la antigua literatura española, y la literatura extranjera. No es que me proponga extender a todo lo que abracen estas materias mis artículos; lo que quiero decir es que todos ellos pertenecerán a algunas de estas tres grandes: determinaciones.

La literatura contemporánea española no necesita especial exposición en forma popular, porque la crítica ordinariamente trata de los libros y de las comedias de actualidad de manera muy parecida a la que conviene para que a toda clase de lectores pueda interesar lo que sobre este asunto se escriba, y pueda ser para todos claro y útil. Pero ni las letras clásicas, ni las españolas de otros tiempos, ni las extranjeras antiguas y modernas, gozan de igual privilegio, por diferentes motivos. Autores griegos y latinos, españoles de épocas pasadas, y franceses, ingleses, italianos, rusos, alemanes, americanos, etcétera, etc., de todos tiempos, son poco conocidos del pueblo español; los libros en que de ellos se trata no pueden ser populares, y a tales materias conviene principalmente llevar esta forma clara, sencilla, exotérica, dígase así, de crítica y de comentario, en que se prescinde del aparato científico, de los pormenores didácticos, de las trascendencias sociológicas y filosóficas que exceden de la probable inteligencia de los lectores no preparados para tales estudios especiales.

En suma, el propósito es conseguir que tanto como sabe la generalidad de los lectores de un poeta o de un dramaturgo contemporáneo español, de un Zorrilla, de un Galdós, de un Echegaray, pueda llegar a saberlo de otros escritores que por pertenecer a otros tiempos o a otros países no llegan a noticia, o llegan de una manera muy imperfecta y vaga, de lo que se llama el vulgo, acaso malamente. No he dicho bien al decir que se aspira a que se sepa tanto de estos autores como de los nuestros actuales, porque esto no sería posible, toda vez que siempre faltará a la multitud la lectura directa de los originales extranjeros, y respecto de los autores españoles de otras épocas, el conocimiento suficiente de la vida de aquella actualidad, único que puede dar inteligencia completa de los textos; pero al fin, mucho se habrá conseguido si se logra generalizar las ideas principales que dan a conocer los caracteres más importantes de autores eminentes y de obras notables, de su tiempo, raza y clase de cultura, facilitando así la inteligencia de las traducciones, y, sobre todo, abriendo el camino para la popularidad verdadera y eficaz de nuestra hermosa literatura española de tiempos pasados.

No necesito decir que no tengo la pretensión absurda de haber descubierto ni iniciado este propósito literario, pues refiriéndose a los mismos asuntos y con fines análogos, otros muchos, y mucho antes de ahora, han trabajado eficazmente.

Tampoco pretendo llenar una gran parte de este programa que abarca tantos puntos, sino una muy pequeña que pueda dar ejemplo a otros que sepan hacer lo mismo mejor que yo, extendiendo más el cuadro de su exposición literaria popular y valiéndose de mayor habilidad y de más conocimientos. Yo no pretendo ser en tal empresa más que uno de tantos.

Llamo *lecturas* a esta serie de artículos, porque la forma de que he de valerme será la que me sugiera el pensamiento que sigue a la lectura de los libros que hacen pensar en algo importante.

Según el asunto, según el autor, según la época de que se trate, unas veces predominará la pura reflexión artística, otras la filosofía propiamente dicha, otras el elemento psicológico será el más atendido, en ocasiones el sociológico, a veces el histórico, muchas el aspecto moral, o el puramente sentimental; sin que quepa enumerar todos los puntos de vista que cabe abarcar en esta clase de *crítica popular*, ni tampoco dar las fórmulas de las proporciones en que han de combinarse todos estos variados elementos.

Y ahora, antes de comenzar con un estudio singular de cualquiera de las tres clases indicadas, es preciso decir algo de lo que importa tener en cuenta para cada una de ellas especialmente.

Comenzaré hablando del provecho que pueda resultar de la *lectura* de literaturas extranjeras, materia que ha dado ocasión a muchas preocupaciones; después se examinarán brevemente los rasgos generales por que he de guiarme cuando escriba de autores clásicos (griegos y latinos); y, por último, se expondrá el modo especial cómo aquí hay que entender y exponer la literatura española de otros días.

Ha dicho madame de Staël, en su famoso libro *De l'Allemagne*: «Ningún hombre, por superior que sea, puede adivinar lo que naturalmente se desarrolla en el espíritu de quien vive en otro suelo y respira otro aire; conviene, pues, en todo país acoger los pensamientos extranjeros, porque en este género de hospitalidad la mayor ventaja es para el que la otorga».

Estas palabras de la ilustre autora de *Corina* son una verdad profunda; y si todas las literaturas pueden servirles de prueba, tal vez la española como ninguna. En todo tiempo nuestro ingenio español, sin dejar de ser quien era, recibió y se asimiló poderosas influencias del arte extranjero, y ya de Oriente, ya de Grecia, o de Italia o de Francia, en los siglos que llevamos de literatura que propiamente pueda llamarse nacional, jamás dejó de asimilarse nuestra patria algo de la vida poética exterior, como si fuera ambiente necesario, alimento insustituible para renovar sus fuerzas. No hace falta insistir en estos lugares comunes, por más que aquellos tal vez obligados a saber mejor que nadie cuáles son los ejemplos constantes de tales influencias, son los que más vociferan defendiendo un proteccionismo literario absurdo, un aislamiento disparatado, que es a la retórica lo que la balanza de comercio a la Economía.

No hay novedad peligrosa, ni novedad siquiera, ni síntomas de decadencia (tales síntomas están en otra parte), en insistir con ahínco la crítica en el estudio de las producciones literarias extranjeras. No se debe confundir esta atención a lo extraño, cuando es prudente, discreta, reflexiva, con el atolondrado entusiasmo de cierta parte de la juventud moderna española, que sin conocimiento serio y hondo y bien guiado de nuestras letras, ni menos de las clásicas (por culpas de los tiempos, y sobre todo de la enseñanza oficial), se entrega a los autores extranjeros, ávida de impresiones fuertes y nuevas, y no exenta de la disculpable pedantería que en ciertos años acompaña siempre a los estudios más o menos fáciles, pero que no están al alcance del vulgo vulgarísimo que no entiende más lengua que la suya. Ya D. Quijote decía en una imprenta de Barcelona que traducir las lenguas fáciles no tenía mérito alguno; pero los jóvenes -y algunos viejos- no recuerdan esto, y gustan con cierta vanidad del placer de penetrar el pensamiento de italianos, franceses e ingleses. Si en la juventud literaria, demasiado *romancista* entre nosotros sin duda, hay estos defectillos, disculpables por mil razones, la crítica que se precia de estudiar y respetar ante todo lo español, y aquello en que se funda gran parte de lo español, lo clásico, bien puede, protestando contra confusiones injustas, estudiar también con atención muy seria, con gran interés, el estado actual de la literatura extranjera, considerando, ante todo, que el pensamiento vive fuera de España hoy una vida mucho más fuerte y original que dentro de casa; viendo imparcialmente, aunque sea con tristeza, que lo más *actual*, lo más necesario para las presentes aspiraciones del espíritu, viene de otras tierras, y que lo urgente no es quejarse en vano, sino procurar que esas influencias, que de todos modos han de entrar y conquistarnos, penetren mediante nuestra voluntad, con reflexión propia, pasando por el tamiz de la crítica nacional que puede distinguirlas, ordenarlas y aplicarlas como se debe a los pocos elementos que quedan del antiguo vigor espiritual completamente nuestro.

Ejemplo de la importancia de este trabajo de la crítica lo tenemos en lo que está sucediendo con la importación del llamado naturalismo literario. Con excepción de muy pocas personas, el tal naturalismo ha servido los escritores españoles para demostrar ignorancia, pasión ciega, imprudencia temeraria, pedantería y orgullo.

Pasma leer, v. gr., lo que acerca de Zola ha escrito el Sr. Cánovas del Castillo; y las lucubraciones de este ex-presidente del Consejo de Ministros acerca de las tendencias actuales de la literatura, prueban qué aun en hombres de indudable talento y de erudición reconocida, hay aquí, por lo que respecta a la literatura extranjera actual, tantas preocupaciones, errores y quijotescos desdenes, que urge, para aliviar un poco el ridículo de semejante situación que escriban de estas materias los que de ellas sepan lo suficiente, sin entusiasmo ligero y precipitado, pero también sin prevenciones que nos dan cierto aire de semibárbaros, poco halagüeño.

No sólo son los enemigos declarados del naturalismo los que disparatan al tratar de él, sino también muchos bien intencionados partidarios de innovaciones que se hacen peligrosas en cuanto son mal comprendidas. Y no sólo en teoría, no sólo en manos de la crítica más o menos *titulada*, sino, lo que es peor, en poder de algunos novelistas, el tal naturalismo comienza a ser tomado por las hojas, y van apareciendo volúmenes y volúmenes de insulsas y vulgarísimas observaciones, poco más que meteorológicas, y estamos amenazados de poseer dentro de pocos años, si esto no cambia, una literatura tan abundante en páginas cómo soporífera.

Para evitar todos estos males, para animar a los escritores buenos, que toman de los extraños lo útil, lo necesario, y combatir a los que sin juicio, sin conciencia siquiera, imitan malamente, sin distinguir ni apreciar; para advertir al público de los peligros ciertos y de las ventajas seguras de esas influencias, ya inevitables, puede servir, y mucho, el trabajo que la crítica se tome de extender el conocimiento de los libros extranjeros modernos, del espíritu a que obedecen y de las circunstancias en que nacen.

Los señores académicos, debieran renunciar a sus inútiles lazaretos y cordones sanitarios; higiene literaria, eso es lo que hace falta, y por consiguiente no hay que pensar en que no entren aquí productos extranjeros, sino en ver si entran falsificados o corrompidos, y, sobre todo, fijémonos en lo de casa, en la podredumbre que puede haber en esos cadáveres literarios que nos empeñamos en tener de cuerpo presente años y años, consagrándonos a la idolatría más repugnante, la idolatría de la carne muerta. Venga el aire de todas partes; abramos las ventanas a los cuatro *vientos del espíritu*; no temamos que ellos puedan traernos la peste, porque la descomposición está en casa, y además, como dice perfectamente un gran jurisconsulto alemán, Ihering, hablando de otras ideas: «poner obstáculos a la admisión de las osas que vienen de fuera, condenar al organismo a desarrollarse de dentro afuera, es matarle. La expansión de dentro afuera sólo empieza con el cadáver».

Hace poco tiempo se publicó en París un libro que llamó la atención de todos, que provocó discusiones fogosas, que mereció ser estudiado por la crítica más seria y dividió en dos campos la opinión del público y de los escritores. Un M. Frary proponía la *cuestión del latín*, que este nombre se dio a la batalla, y opinaba que las nuevas generaciones no necesitaban conservar la enseñanza clásica. El elemento que a sí propio se apellida liberal fue el que, por lo común, se inclinó al parecer de M. Frary; los partidarios de cambiar la sociedad cada ocho días; los que piensan que rompen cadenas ominosas quebrando las ineludibles de la tradición y de la herencia, se afanaban por demostrar que los estudios clásicos sobran; que puesto que ya casi nadie sabe griego, también se debía olvidar la lengua del Lacio, aquella lengua que, según la Carmenta de Renán (que no contaba con los liberales romancistas), habían de hablar los pueblos bárbaros.

Algunas Revistas positivistas, de esas que creen que el hombre fue tonto hasta que apareció en el mundo la filosofía de los boticarios, se apresuraron batir palmas y a propagar la proposición de Frary: -¡No más latín! ¡Muera Horacio, muera Virgilio, muera Cicerón! ¡Abajo las *humanidades* en nombre de la *nueva* humanidad!

-Estos *Sicambros* olvidan que los primeros *humanistas* fueron aquellos sabios liberales y protestantes, que se llamaron los Reuchlin, los Hutten, los Erasmo, los Œcolampadio, que se sirvieron de las *humanidades* para defender la libertad política y la del pensamiento; como también lo hicieron en Holanda -la Grecia del Norte en aquel tiempo, la que dio asilo a otros *humanistas* franceses también liberales-; como lo hicieron en Holanda, digo, los Dousa, los Heinsio, los Grocio, los discípulos insignes de Scalígero y Justo Lipsio hasta Perizonio...

-¡Pero qué Perizonio ni qué niño muerto!, oigo que grita, interrumpiéndome, algún crítico de salón. -¿Qué tenemos nosotros con que en Francia discutan si se debe prescindir del latín, de la educación clásica? En Francia podrán discutir eso, aquí no; aquí es ociosa la discusión: la cuestión del latín está resuelta por sí misma. Ya nadie sabe latín, y se acabó. Cuando un poeta cita un dios griego o romano, como hace Menéndez Pelayo, se le silba, se dice que no se le entiende, ni falta; «¡qué valiente pedante está hecho!» y se añade que ha traducido mal a Horacio, aunque no lo haya traducido. Si Valera traduce las pastorales de Longo, se le mira con sorna y se le dice medio en francés: -¿Es, pues, verdad que el señor Valera sabe griego, griego auténtico? ¡Todavía hay quien sabe griego!- Y el que habla así hace alarde de ignorar esa lengua, que, si no es madre, es *tía* de la nuestra, siendo hermana de la latina. Déjese usted, por consiguiente, de resucitar la *cuestión del latín*, que podrá ser cuestión en Francia, pero que aquí está resuelta por los hechos.

Esta supuesta interrupción de cualquier crítico temporero me tapa la boca, o por lo menos, me hace cambiar de rumbo.

En efecto; en España, donde algún día la gran revolución humana, la del espíritu, el Renacimiento, encontró eco poderoso, hoy nos volvemos paso a paso a la barbarie disimulada y olvidamos toda nuestra gloriosa tradición clásica. El que esto escribe tiene ocasión todos los años de comprobar con dolorosa experiencia que nuestra juventud no sabe ni siquiera declinar en latín. Los jóvenes más estudiosos, los de más talento y curiosidad científica, tropiezan al traducir la más sencilla frase del sintético lenguaje del Derecho Romano.

Entre nuestros literatos, igual ignorancia. Los más confiesan sin vergüenza que no entienden la lengua de Virgilio, y algunos hasta hacen alarde de ello. No falta quien crea que el latín es cosa de clérigos, un signo de reacción y obscurantismo. Y aun los discretos disimulan apenas esta lamentable deficiencia de su cultura.

Muchas son las causas que contribuyen a tan deplorable decadencia, o, mejor, ruina de los estudios clásicos. Estudiarlas y aun señalarlas todas, fuera trabajo para muchos artículos, y acaso algún día lo emprenda desde el punto de vista que en esta serie me he propuesto; hoy sólo debo indicar que uno de los principales motivos de este abandono está en el escaso atractivo que, dada la cultura general, ofrecen la literatura griega y romana. ¿Por qué no es agradable para los más lo que algunos alaban de buena fe, porque lo comprenden de veras? También la determinación de todos los elementos destructores que contribuyen a esta deficiencia del gusto sería muy larga tarea; pero lo principal es dejar sentado que no consiste en los autores clásicos la falta de encanto, y aun de amenidad, que la ignorancia les atribuye; no es el mal aquí objetivo, como se dice, sino subjetivo; están los lectores mal preparados para tales lecturas.

Las letras clásicas, entendidas como se debe, son la ocupación más noble en que puede emplearse el espíritu; ellas fueron alimento exquisito de las más sublimes inteligencias durante los primeros siglos del Renacimiento, y aun antes; pero las letras clásicas abandonadas a los pedantes, a los que sin comprenderlas, sin *sentirlas*, las alaban, a los *eruditos* [16] *materiales* que adoran lo viejo por viejo, lo obscuro por obscuro, lo difícil por difícil, son áridas, antipáticas, repugnantes y en rigor incomprensibles. Griegos y latinos pasados por el tamiz del dómine pedante, del Don Hermógenes de Moratín, ya no son ni los latinos ni los griegos que conoció la Historia, los de la literatura clásica profanada por tantos *leguleyos* del arte más puro. Los cuales puede decirse que están representados en aquel ejemplar de Horacio que, a manera de símbolo de tales profanaciones, nos describe Menéndez Pelayo diciendo:

> *En sus hojas doquier, por vario modo*
> *de diez generaciones escolares*
> *a la censoria férula sujetas,*
> *vese la clara huella señalada.*

> *En mal latín sentencias manuscritas,*
> *escolios y apostillas de pedantes,*
> *lecciones varias, apotegmas, glosas,*
> *y pasajes sin cuento subrayados,*
> *y addenda y expurganda y corrigenda.*
> *Todo pintado con figuras toscas,*
> *de torpe mano, de inventiva ruda.*

Tamañas profanaciones debiéronse en gran parte, desde hace ya siglos, a la enseñanza de los jesuitas, que quisieron corregir el espíritu de clasicismo arrancándole, hasta donde fuera posible, el elemento pagano, es decir, la vida, y reduciendo el estudio de las humanidades a un mecanismo en que la memoria y la paciencia son las principales palancas. Sin llegar siempre a los absurdos del famoso Gaume, el espíritu ultramontano en general hizo grave daño, en nuestra tierra especialmente, a las letras clásicas. Basta para verlo una observación: hoy el latín se ha refugiado en los Seminarios, y allí es donde se maneja, sabe Dios cómo, a Virgilio, Horacio y Ovidio, con gran desprecio, por supuesto, de este último y demás escritores de *baja latinidad*. ¡Horacio y un seminarista! ¿Cómo han de entenderse?

El gusto de la poesía y de la historia clásica volvería si se convenciese el público de los lectores de mediano criterio de que no es lo mismo oír lo que dice un pedante de *Las Geórgicas*, por ejemplo, que leer *Las Geórgicas* mismas... previa la preparación necesaria. Hay que ponerse en condiciones de saborear los libros clásicos estudiando el *ambiente* dentro del cual se escribieron. Por fortuna la filología moderna, gigantesco esfuerzo de la inteligencia humana, nos permite a poca costa saber lo suficiente de esta vida antigua para comprender a sus poetas.

Sin remontarnos a los Vettori, Ricchiers, Marsilio Ficino y Ángel Policiano, no pasando de Wolf y Bentley, Heyne y Hermán, y llegando en seguida a Ottfried Muller, a Grote y a Mommsen y a tantos y tantos otros ilustres *buzos de la vida clásica*, que la han hecho renacer a nuestros ojos; sin olvidar a los arqueólogos que han tratado especialmente de esa misma civilización en los pormenores de la existencia ordinaria, en la descripción de plazas, baños, casas, muebles, utensilios, vestidos, etc., etc., como los famosos E. Guhl y W. Koner, tenemos sobrada materia para hacernos por algún tiempo contemporáneos de romanos y griegos, y la lectura de sus libros célebres adquiere en tal caso relieve sorprendente, como la realidad misma, y se convierten a nuestros ojos en hombres de carne y hueso, los que ordinariamente suelen ser considerados como frías representaciones de edades muertas, que no es posible resucitar ni ante la fantasía siquiera.

No se puede negar que un autor clásico necesita, para ser hoy comprendido medianamente, cierta preparación por parte del lector. Pero ni esta es muy difícil, ni en rigor, hay arte que si ha de ser gustado *concienzudamente* (pues también el gusto tiene conciencia), no pida estudios previos, experiencia y reflexión.

La preocupación general es ver en los escritores griegos y romanos lo que tienen de antiguos, pero no lo que tienen de humanos. A esto contribuye en gran parte la enseñanza vulgar oficial que en España especialmente, está entregada, por lo que a letras clásicas se refiere, y fuera de honrosas excepciones, a eruditos y pedantes sin gusto ni reflexión, que lo mismo se dedican a la literatura clásica que podían explicar ley hipotecaria o destripar terrones. La literatura clásica, en lo poco y mal que de ella aquí se estudia, tiene una tirantez escolástica en la cual nada se conserva del gran espíritu del Renacimiento, y sí todo lo que se les pegó a las *Humanidades* del saber autoritario, abstruso y mecánico de la *escolástica* y del aristotelismo falso de la Edad Media. Así como el *Derecho romano*, según aparece en nuestros malos libros de Institutas glosadas es árido, seco, insufrible, las letras griegas y latinas disfrutan de fama parecida entre el vulgo, porque se enseñan con métodos y tendencias semejantes.

En los superficiales estudios de nuestras Universidades la literatura antigua es una imposición; el profesor la admira y hace admirar bajo su palabra de honor, y los estudiantes hablan de Homero y de Virgilio, de Sófocles y de Plauto, de Luciano y de Juvenal sin saber griego ni latín; y aun en lo que de los autores se les dice, falta verdadero espíritu crítico, y filosofía de la historia, y psicología biográfica y hasta amenidad anecdótica y, en suma, todo el arte de hacer agradable, interesante, una materia que lo es como la que más en poder de escritores y maestros artistas y de buen gusto.

Suelen nuestros catedráticos y retóricos llenarse la boca llamando superficiales a los franceses y diciendo de ellos, en son de censura, que nos engañan con su habilidad para explicar clara y ordenadamente, y expresar con arte e interés y elegancia. ¡Ahí es nada! Si nosotros tuviéramos profesores de literatura clásica (sin subir a los grandes maestros) como Paul Albert, Martha, Boissier, etc., etc., no habría, de fijo, entre nuestra juventud literaria esa vergonzosa preocupación que acusa tanta ignorancia, según la que se cree de buen tono y muy conforme con el espíritu moderno tener en poco a griegos y latinos, o por lo menos prescindir de ellos.

Es eso; es que en nuestras cátedras y en nuestros libros, Homero, Horacio, Esquilo, Terencio, Aristófanes, Persio, no son hombres como nosotros, sino representaciones vagas, vaporosas, de idealismos disipados, de dogmas estéticos sin vida real.

Hoy no puede estudiarse la literatura, como no puede estudiarse el derecho, ni nada, sin ese espíritu de resurrección histórica, que no es ecléctico precisamente, ni falsamente armónico, sino que consiste en la adaptación de nuestra fantasía, en lo posible, al *medio* desaparecido y que hay que renovar para comprender los fenómenos literarios, jurídicos, económicos, filosóficos, o lo que sean, que se quiere estudiar.

Si este espíritu histórico es tan difícil en todas las materias y tan rara vez se encuentra (así, en lo [21] jurídico, por ejemplo, se ve a cada momento juzgar la vida social y política de los antiguos por nuestro criterio moderno y hablar de división de poderes y de relaciones de Iglesia y Estado, etc., etc., tratándose de los tiempos de Numa o del mismo Agamenón), mucho más difícil y raro es en la historia literaria, donde, en rigor, el que quiere ser historiador de veras necesita, además de ser erudito, ser un crítico flexible, educado en la experiencia del juicio literario, constante y actual, tener el gusto muy depurado, la inteligencia libre de preocupaciones y dogmatismos, y el ánimo firme y sereno para entrar y salir en las teorías religiosas, políticas, estéticas, etc., etc., sin perder nada de su originalidad y sin dejar de ver nada por culpa de prejuicios o complacencias con determinadas ideas.

.Nada menos a propósito para interpretar el sentido de la vida literaria de los clásicos que el escolasticismo, que suele ser maestro, aquí a lo menos, de tales materias. En España, uno de los síntomas de la revolución artística ha sido para los más el *romancismo*, el odio a los griegos y latinos. Es hoy -como dice el señor Fiscal del Supremo-, y todavía los periodistas se burlan de quien sabe mitología y alude a las hermosas creaciones de la plástica fantasía clásica en verso o en prosa.

La ignorancia del vulgo no puede sospechar todo lo ridícula que es esa protesta que se hace en nombre de la libertad literaria contra las letras clásicas. Burlarse de Horacio y de Ovidio es el colmo de lo *cursi*, aunque no lo adivinen nuestros *idealistas y naturalistas* que piensan que el ingenio y la gracia, y la intención y la malicia, son de ayer mañana.

Horacio se parece más a Campoamor, y está más cerca de ser su contemporáneo, que Quintana, por ejemplo. Está más anticuado Bécquer que Ovidio. Pero es claro que el Horacio verdadero no es el que se nos ofrece en los versos del ministro Burgos, como el Ovidio verdadero no es el que nos pintan en las obras de retórica al uso.

Nuestra época es, en literatura, probablemente de decadencia; pues bien, época de decadencia era la de Ovidio, Propercio, Persio, Tibulo, Catulo, etcétera, etc., y estos autores pueden ser hoy mejor comprendidos que lo fueron nunca. Hay más analogía entre Baudelaire y el autor de las *Heroidas*, que entre el autor de las *Flores del mal* y el de las *Meditaciones*.

Para penetrar bien el valor de las letras clásicas es preciso, eso sí, depurar el gusto, aguzar el ingenio, leer a los autores clásicos directamente y estudiar el *medio* en que vivieron en las obras de filología moderna, que son verdaderas maravillas de adivinación, perspicacia y exactitud.

Mas, aparte de esto, se puede, a poco que la crítica sensata propague y popularice la literatura de griegos y romanos, se puede conseguir que el público respete y admire lo que en todo país y tiempo cultos se considera como la flor de la belleza espiritual, en cuanto es esta producto del ingenio humano.

La historia de la literatura española puede decirse, sin ofender a nadie, que no se ha escrito. Hay muchos tratados muy apreciables, algunos de mérito extraordinario, destinados a tan ambicioso propósito; pero en ninguno de ellos aparece de modo suficiente el cuadro de nuestra literatura desde sus primeros días hasta los presentes. Verdad es que, en rigor, puede decirse que tampoco tenemos una historia general de España. Y los tiempos no hacen esperar que, por ahora, se presente quien acometa semejante tarea. Nunca la historia fue mejor comprendida y cultivada que en el siglo XIX; pero los autores eminentes, con pocas excepciones, prefieren consagrar sus fuerzas a estudios especiales, y en general alcanzan poco crédito los historiadores universales, los que cargan con toda la humanidad y se atreven a pesarla. Menos que coger en peso a la humanidad entera es tomar en hombros a una nación determinada; pero aún es mucho, y los verdaderos sabios de estos tiempos no suelen hacerlo. Las historias más famosas que se han escrito, en el extranjero por supuesto, en nuestros días, no son universales, ni son muchas tampoco las que comprenden grandes períodos y diversos países y muchos órdenes de actividad. Cierto que un Gervinus escribió la historia de todo un siglo, el presente; que Max Duncker la emprendió con toda la antigüedad; que son famosas las historias generales de Grote, de Taylor, de Mommsen y otros pocos, y, por último, que Ranke debe lo más de su fama a un trabajo histórico de plan muy extenso; pero eso no impide que la regla general sea el especialismo, y que escritores como Cantú y Laurent, que tanto sirven a polemistas de periódicos y oradores políticos, apenas se les vea citados en las notas de los autores que efectivamente están creando la historia como ciencia moderna.

Esta tendencia general, que tiene su explicación plausible, es conocida de aquellos pocos, poquísimos, que en España pudieran emprender, con algunas probabilidades de regular éxito, el atrevido intento de escribir la historia *pragmática* de España o su historia literaria; y si tal orden de consideraciones no bastase para retraerlos, la indiferencia del público, la falta de editor bastante rico y temerario, ahogaría en germen cualquiera tentativa.

La historia literaria, tal como hoy se ha de entender, no podríamos pedírsela a pasados siglos; sirven y servirán siempre como rico material los nobles y a veces concienzudos trabajos acumulados por muchos eruditos españoles desde el tiempo del Renacimiento, y aun algunos de antes; pero es claro que ni aun llegando a los Sarmiento y Mohedanos, Sánchez, Sedano, y tantos y tantos escritores que de cerca o de lejos, con mayor o menor extensión, trataron estas materias en tiempos relativamente antiguos, encontramos la verdad crítica, como ahora se entiende, ni siquiera en su aplicación elemental a las clasificaciones y a la cronología. Con ser tan dignos de aprecio, no satisfacen tampoco la necesidad a que me refiero los trabajos especiales de Moratín y Quintana, aunque sean de los que más se acercan, si no en el pormenor técnico, en la originalidad y fuerza del criterio, a las exigencias modernas. Y abreviando: los que en años aún próximos escribieron historias literarias de España menos incompletas, valiéndose de tantos ricos caudales acumulados antes, si mucho mejoraron esta rama de nuestro saber nacional, no hicieron, ni con cien leguas, lo que ya va necesitándose mucho. Dejemos a un lado trabajos apreciables que algunos extranjeros como Wolf, Bouterveck, Sismondi, Puibusque, etcétera, consagraron a la historia de nuestras letras, y recuerdos y juicios luminosos tan dignos de agradecimiento y estudio como los de Schlegel, Hegel y otros alemanes ilustres, y por ir de prisa lleguemos a los dos más famosos entre nuestros historiadores de literatura española; Ticknor, extranjero casi español en cuanto autor, gracias a su popularidad y al señor Gayangos, y el querido maestro Amador de los Ríos.

Los cuatro tomos, con muchas notas de Gayangos, consagrados por el norteamericano Ticknor a la historia de la literatura española, constituyen la obra más popular de cuantas hay escritas acerca de tan interesante materia. A las personas entregadas a estos estudios no hay nada que advertirles; pero si al vulgo, a los que leen estos libros por mera afición; hay que advertirles que la historia de Ticknor tiene un gran valor relativo, pero mucho menos absoluto. Es decir, que considerando las dificultades de todo género que el ilustre americano tuvo que vencer para escribir su libro, es este merecedor de los mayores elogios; pero reconocido esto, preciso es declarar que la *Literatura española* de Ticknor deja muchísimo que desear por todos conceptos; Ticknor no es, ante todo, un gran crítico, ni siquiera artista, ni tiene el ingenio necesario para resucitar hombres, tiempos y costumbres al calor de sus evocaciones; fáltale imaginación, grandes propósitos, altas ideas, profundidad, sagacidad, y sobre todo, ese espíritu de intuición semicreadora, que ha de brillar en el verdadero historiador. Es, en fin, Ticknor una medianía muy aplicada, simpático en sus medias tintas, a veces elocuente en capítulos determinados y de fácil exposición; pero no pasa de la categoría de cronista ilustrado, digno siempre de ser leído, pero no con tanta admiración como algunos pretenden.

Por lo demás, los que entienden algo de estas cosas, declaran que el trabajo de Ticknor, como obra técnica de erudición histórica, es defectuosísimo; confúndense allí los tiempos, déjanse grandes lagunas y se adoptan precipitadamente conclusiones temerarias, falsas muchas, sin contar con que el espíritu protestante y algo estrecho del autor le hace parcial a veces, y le obliga a predicar inoportunamente.

Mucho más se podría decir para mostrar la insuficiencia de la obra de Ticknor; pero como aquí se trata indirectamente este asunto, para llegar al propio de estos artículos, no insisto en tarea tan ingrata.

Amador de los Ríos fue mi querido maestro, y si bien he de procurar, al decir algunas palabras acerca de su historia de la literatura española, olvidar el cariño para conseguir la imparcialidad, es claro que he de conceder mucho a los fueros del respeto.

Ante todo diré que, tal como son sus siete tomos de *Historia crítica de la literatura española*, me parecen lo mejor que tenemos hasta ahora en tal asunto, y que ellos, con la continuación que les prepara Menéndez Pelayo, serán, probablemente por mucho tiempo, el principal monumento de este orden de estudios.

Amador de los Ríos concibió el proyecto de su gran trabajo crítico al oír al ilustre D. Alberto Lista pregonar desde la cátedra del Ateneo las excelencias de nuestra literatura nacional romántica. Puede decirse que la gran empresa de escribir la historia de nuestras letras nació del espíritu romántico, a que obedeció también, en gran parte, el renacimiento de nuestro teatro. Ya se sabe que el romanticismo se entiende de muchas maneras, y que aun en su historia se pueden estudiar positivas manifestaciones de muy distinta índole. El afán de resucitar, ante la imaginación por lo menos, nuestra vida nacional pasada, especialmente en sus elementos estéticos, obedecía a las teorías que, en Francia en un sentido y en Alemania en otro, dominaban entre los reformistas de las artes y aun de otras esferas de la actividad, como, v. gr., la del derecho en Alemania con la escuela histórica que por boca de Savigny proclamaba que el derecho nacía *todo él* de las entrañas de la nacionalidad. Se quería reconocer y demostrar belleza en la vida de los pueblos que nacieron sobre los jirones del Imperio Romano; se quería probar con nueva retórica y con nuevos dechados de poesía que las naciones *bárbaras* si debían, mediante el Renacimiento, gran parte de su cultura actual al clasicismo, a griegos y latinos, tenían también mucho que admirar y recordar y estudiar en su vida propia, en su historia, y de aquí la guerra al Derecho romano, en una esfera, en nombre de los *Códigos nacionales*, y la guerra al clasicismo en nombre de la tradición romántica, en unas partes predominantemente arqueológica, lo que podría llamarse el *romanticismo ojival*, y en otras partes con caracteres de novedad revolucionaria.

Sea lo que quiera del juicio que a la posteridad merezcan estos exclusivismos de escuela, ello es que a veces este apasionamiento intolerable significa vigor cierto, y viniendo en tiempo oportuno contribuye mucho al progreso. De aquellas exageraciones vinieron como fruto natural obras tan admirables como algunas de García Gutiérrez (concretándonos a España, que es ahora lo que nos importa), de Hartzenbusch, de Rivas, de Zorrilla, etc., etc., y estudios tan interesantes y ya tan necesarios como los de Amador de los Ríos.

«La religión y la patria», estos dos ideales que bien pueden llamarse románticos, según Amador de los Ríos los entiende, son los principios que sirven de base y dan unidad a la gran obra emprendida por el ilustre erudito; estudiar la influencia constante de estos elementos poderosos en los productos del ingenio nacional, a partir de los primeros alientos poéticos de nuestra Reconquista, es el propósito trascendental de la *Historia crítica* de Amador; y como fuerza estética predominante y elemento técnico literario, presenta el carácter de nuestro genio artístico repetido en sus naturales manifestaciones constantemente, a partir ya de los tiempos en que era nuestra lengua la de nuestros conquistadores y Roma el teatro de nuestros triunfos literarios.

Como se ve, no falta plan y propósito serio, no falta unidad de pensamiento a la obra de Amador. Lleva ya en esto incalculable ventaja a la de Ticknor. Pero si merecidamente se llama *crítica* la historia literaria de que hablamos, no se puede decir que la crítica de Amador de los Ríos sea todo lo que hoy pedimos, pues al fin el espíritu propiamente filosófico, independiente, ha penetrado en nuestra tierra, y lo que hoy se ha de exigir al que pretenda explicarnos y comentar la vida nacional en su actividad intelectual y estética, es mucho más de lo que espontáneamente puede ofrecernos quien no pasa de erudito, por notable que sea. Además, Amador, a pesar de los siete tomos bien abultados de que consta su *Historia crítica*, no pudo llegar más allá de la literatura del Renacimiento en sus comienzos, no cuando dio los resultados mejores aquel gran movimiento europeo. De los Reyes Católicos acá nada nos ha dicho el ilustre maestro en su monumental trabajo.

Por otra parte, el estilo de Amador, digno, noble, pulquérrimo, es poco flexible, nada lacónico, tal vez algo teatral en ocasiones; el entusiasmo lo envuelve en demasiadas palabras, no teme la repetición, y de estos y otros análogos defectos se engendran tantas y tantas páginas de lectura, a veces un tanto difícil. En menos volúmenes pudo escribir el sabio maestro lo mismo que publicó en siete.

Este y algunos otros reparos obligan a declarar, después de repetir que la *Historia crítica de la literatura española* es por muchos conceptos admirable, que no es, con todo, el libro que hoy se necesita, y por eso, al comenzar este artículo, decía yo que la historia general de nuestras letras no se había escrito hasta la fecha.

Ni en obras particulares consagradas a un género especial, por ejemplo, el teatro, la novela, la elocuencia, etc., encontramos libros españoles que podamos llamar completos, y aun de los extranjeros que tienen tales propósitos habría mucho que decir. Biografías, monografías, las hay muy apreciables, más cercanas a lo que se pide: v. gr., los pocos trabajos que hasta ahora ha publicado M. Pelayo tocando estas materias; el *Alarcón*, de D. Luis Fernández-Guerra, en que tal vez hay saludables influencias de D. Aureliano... pero de todas suertes nuestra crítica no ha estudiado -en general se puede decir esto- los más profundos e interesantes aspectos del espíritu y aun de la letra de nuestra literatura nacional. Dios quiera que en obras que se anuncian haya todo lo que se puede esperar de quien se anima a emprenderlas. Hablemos de esto.

El escritor a quien aludo es Marcelino Menéndez Pelayo, que conmigo estudió en el aula de Amador de los Ríos y que vino a ser su legítimo inmediato sucesor en la cátedra mediante gloriosas, inolvidables oposiciones.

Hace años que tengo noticias del proyecto, del gran proyecto de Marcelino: la historia de nuestra literatura. Cada vez que nos encontrábamos por casualidad en las calles de Madrid o en algún café (pues los círculos de nuestras relaciones tenían pocos puntos comunes o, mejor, eran *tangentes*, pero no *secantes*), yo le preguntaba afanoso por sus trabajos, todos importantes; y él, con amable interés, me pedía nuevas de mis pobres cuartillas de gacetillero de que yo le hablaba entre dientes y casi avergonzado. Pues en estos diálogos rápidos en la calle, interrumpidos por la turbamulta, le oía yo un día y otro aludir a su obra magna, a la que ha de ser tal vez la principal de su vida. Al principio hablaba de una historia completa, que se remontara a los orígenes, y escrita, si no con el criterio de Taine, que esto era imposible tratándose de un católico, sí con un método análogo y con miras semejantes por lo que respecta a dar gran importancia a los elementos de raza, herencia, *medio* social y natural, en la historia de las letras, que hasta aquí, por lo que toca a España, siempre se ha estudiado de modo abstracto, a lo retórico, sin penetrar de veras en las múltiples relaciones de subordinación y coordinación en que el arte, como todo, ha de vivir necesariamente. Representábame yo la famosa y admirable *Historia de la literatura inglesa*, de Taine, y con este recuerdo me ayudaba (añadiendo lo que yo podía figurarme que podía salir del ingenio crítico de quien había escrito el *Discurso sobre el Arte de la Historia*), me ayudaba para poner ante los ojos de mi fantasía, siquiera vagamente, la imagen de aquella historia que el joven e ilustre académico preparaba.

Sucedió por aquel tiempo que Emilia Pardo Bazán comenzó también a pensar en escribir *su* «Historia de la literatura española», y por coincidencia, que al principio alarmó un poco a la ilustre gallega, también su obra iba a parecerse a la de Taine en la tendencia indicada antes. Mediaron cartas entre Marcelino y Emilia, cartas discretísimas, algunas de las cuales tuve el honor de leer, y después de atinadas cuanto modestas observaciones de M. Pelayo, resultó que ambos convinieron en que lo mejor sería escribir cada cual su historia a su modo, sin miedo a las coincidencias y con la seguridad de que el ingenio de cada uno tendría ocasiones sobradas de mostrarse sin parecido con nadie. Emilia Pardo sigue con su proyecto, y para ponerlo en práctica viaja todos los años y se encierra horas y horas en las bibliotecas de París y otras de varios pueblos donde puede encontrar lo que le importa.

El plan de Marcelino Menéndez, a juzgar por las últimas noticias que me dio él mismo, parece haber cambiado un poco, o por lo menos, en las más recientes conversaciones me lo presentó desde otro punto de vista. Por lo pronto, M. Pelayo ya no piensa comenzar por la antigüedad remota, sino en el punto, sobre poco más o menos, en que Amador de los Ríos dejó su obra, esto es, según ya se dijo, en los Reyes Católicos.

Por razones que más adelante expondré, esto es de aplaudir, porque llegaremos más pronto a *lo que más importa*. Además, el insigne catedrático ya no hablaba últimamente de escribir *a lo Taine*, sino de un libro para la cátedra, de muchos tomos, con mucha crítica de pura erudición, porque en este punto hay que deshacer muchos errores y presentar muchas novedades. ¿Qué será, qué no será? Allá veremos.

De fijo que los motivos que haya tenido Marcelino para cambiar de plan, si es que hay cambio y no dos aspectos distintos de un mismo objeto, serán muy razonables; pero de todas suertes yo, con el respeto debido, me atrevo a dirigirle algunas observaciones, cuya audacia puede cohonestarse con la buena intención.

Mucha falta hace, sin duda, que se corrijan cuanto antes, y por quien tenga datos y criterio suficientes para ello, los muchos errores técnicos de la historia de nuestra literatura. Voy más allá: para dar algún paso firme en el terreno a que yo quiero que se llegue, es indispensable comenzar por aquí, por dejarlo todo bien medido y pesado, todo bien distribuido; en suma, cada cosa en su sitio; pero ¡por Dios!, no olviden Menéndez Pelayo ni los que le sigan, que todo eso, con ser muy importante y lo primero, no es lo principal. Esto es lo que suelen olvidar, ¿qué digo suelen?, lo que olvidan siempre nuestros eruditos y algunos de los extranjeros que hablan de nuestras cosas; olvidan que lo primero no es necesariamente lo principal. Hay algo peor que el ingenio agudo y profundo que sin datos suficientes se entremete a tratar asuntos históricos por medio de intuiciones, hipótesis y conjeturas; peor es el ingenio obscuro y nulo que aprovechando las condiciones de un temperamento linfático y las ventajas de una imaginación dormida, a fuerza de paciencia recoge miles de documentos, los junta y clasifica a su modo, y ya cree tener hecha la historia de alguna cosa. Es necesario que M. Pelayo con una obra viva, artística, propiamente filosófica, dé un mentís elocuente a las dos o tres docenas de eruditos mutilados que creen estar tomando en peso la realidad de nuestra historia literaria, cuando no hacen más que revolver papeles y levantar polvo.

El polvo, decía Walter Scott a los que querían limpiar el de sus habitaciones, no se mete con nadie si no se le hurga; dejadle descansar y veréis cómo no os molesta. Más vale dejar el polvo en paz, quieto, que soliviantarlo para que forme nube en estancia cerrada y ahogue al que la habita, sin más provecho que el haberlo echado de un mueble para que se pose en otro.- Sacudirle el polvo a la historia no es lo mismo que limpiarla y hacerla resplandecer;

el erudito que en la cámara estrecha y cerrada a las mil influencias del arte, de la ciencia y de la vida, de su mezquino cerebro, sacude el polvo a los pergaminos, ¿qué consigue? Asfixiarse y asfixiarnos; pasa tiempo, y después de mil enojos el polvo vuelve a descansar sobre la historia apaleada. Escribir un libro tedioso, o cien libros de este género, para sacar a luz otros libros, tal vez tediosos también los más, no es rebuscar tesoros en lo pasado, sino echar tierra sobre tierra, sueño sobre sueño, olvido sobre olvido. Nada más hermoso y [37] útil que la erudición fecundada por el ingenio; nada más inútil que la manía del papel viejo profesada por un espíritu opaco, adocenado y estéril.

Sin decir yo, ni mucho menos, que de tan baja estofa sean las docenas de nuestros eruditos al pormenor, sí sostengo que no hay que atenuar mucho la censura para poder aplicarla a los más, que hasta la fecha no han hecho saltar ante nuestros ojos la hermosura real, viva, rozagante de nuestra gran literatura en algunos de sus siglos. Ha sucedido en esto lo que Ihering dice que pasa, en general, con el Derecho romano: mucho alabarle, mucho pregonar y vociferar su supremacía sin admitir discusión, y nada de probar en qué consiste esa grandeza, nada de estudiar el Derecho romano en su espíritu, que es el que puede poner de relieve el valor verdadero, inmenso sin duda, de ese gran legado de la antigüedad.

Ya va siendo hora de que a las letras españolas no les suceda lo mismo. Fueron grandes, gloriosas, sí, en algún tiempo; pero esto no se prueba con ditirambos y apologías, ni con poner delante ediciones de libros antiguos, aunque sea con variantes; para este viaje no necesita el lector alforjas: toda la grandeza de un período literario, todo su valor, no se puede conocer sin más que leer, siendo profano, una y otra obra; si así fuera, sobraría la crítica. Da tristeza leer, por ejemplo, lo que se le ocurre a un hombre tan erudito y tan famoso como el Sr. Cánovas del Castillo al hablar del Teatro Español en los años de su mayor gloria. ¿Qué creerán ustedes que dice del gran Lope de Vega y de su época, proponiéndose hablar largo y tendido del asunto (aunque en ocasión en que debiera hablar de otra cosa)? Pues no dice absolutamente nada. Se acuerda de algunos libros que tiene él, Cánovas, en casa; hace algunas observaciones sobre la criminalidad de aquel tiempo, y, en suma, publica un informe de fiscal o de jefe del negociado de policía a quien, por equivocación, se le encargase un estudio sintético sobre el Teatro Español glorioso.

El Sr. Cañete, estudioso, infatigable, discreto a ratos, aficionadísimo a las reliquias del Teatro Español, ¿qué ha pensado, qué ha descubierto, qué ha hecho sentir, qué ha hecho pensar tratando de nuestra literatura dramática? Se le deben agradecer apuntes útiles para la obra puramente erudita de la materia, y perdonársele, a cambio de esto, un estilo falso, lamido, un ingenio hueco, un gusto perturbado por el abuso de las tisanas.

Menéndez Pelayo es muy otra cosa; sabe más y mejor que esos y otros que no cito, y además es un ingenio fuerte, peregrino, capaz de crear siendo crítico, y de evocar a nueva vida, merced a los prestigios del arte, las edades muertas, sus ideas, sus sentimientos, sus palabras.

Por lo cual -y seguro yo de que esto es cierto- me atrevo a suplicarle que no olvide la gran necesidad de una historia viva, de una reflexión honda, de una adivinación feliz y siempre despierta, aplicadas a esa historia. Que su libro no sea sólo para *estudiantes*; que las novedades que presente el erudito sirvan sólo de andamios para la gran obra del artista, del crítico poeta, del filósofo historiador.

Capaz de atender a tal necesidad es el hombre en quien se han juntado cualidades que pocas veces se reúnen en un espíritu.

Y para que no se crea que adulo al querido condiscípulo, óigase lo que temo que aún ha de faltar en la *Historia* de Menéndez Pelayo, aunque la escriba tal como puede y como arriba se la pido.

Varias veces se ha decretado en España la libertad de pensar; pero el público todavía a estas horas (y ya va siendo tarde) no ha sabido aprovecharse de tamaña franquicia. Por libertad de pensar entiende uno hacerse diputado para ir al Congreso a vociferar que la Trinidad es una *monserga*, lo cual es, además de terriblemente sacrílego, absolutamente falso, pues la Trinidad, sea lo que quiera, no es una monserga, de fijo. Otro entiende que libertad de pensar es decir pestes del clero; y otro, más cruel, que es no pagarle lo que se le debe. Hay que desengañarse; un ciudadano pacífico, librepensador, pero comedido, que piensa libremente, pero no por eso insulta al prójimo, siquiera el prójimo sea católico o ultramontano, un ciudadano así, no debe aspirar hoy por hoy a predicar su doctrina donde haya mucha gente, porque se expone a ser interrumpido a pedradas. Si el auditorio es *creyente*, como se dice, le apedrean por ateo, impío, hereje, que es peor para ellos; si el auditorio es aficionado a pensar libremente, le apedrean por reaccionario, por *paulino*, por sacristán, por *mestizo*... ¡sabe Dios!...

Entre las muchas clases y los mil grados de ideas que han entrado en España en lo que va de siglo, no podremos encontrar aclimatados temperamentos ni doctrinas moderadas y del todo racionales. Lo popular aquí es *El Motín* o *El Siglo Futuro*, *Las Dominicales del Libre Pensamiento* o el Padre Gago.

El libre pensamiento verdadero, todavía es cosa de muy pocos, y entre estos, los más no son aficionados a escribir. Salmerón, v. gr., apenas ha publicado materia para formar un volumen de regular tamaño.

Entre nuestros grandes y medianos (medianos de veras) escritores, pocos se encuentran que se atrevan a decir francamente que no son ortodoxos, y aun muchos que en realidad no lo son, continúan llamándoselo, y no falta quien, con gran ingenio, está sacando mucho partido de esta doblez, que no acusa malicia, pero que sí es signo de los tiempos. Dígase lo que se quiera, el país podrá no ser ya buen creyente, pero todavía no ha soñado con ser librepensador. De aquí que los más no se atrevan, sobre todo los que tienen algo que perder, es decir, fama, popularidad, crédito literario, a ser claros con el público. Muchos *sprits forts* de plazuela sí hay; positivistas al minuto, sangradores y drogueros materialistas como un diablo, no faltan. Pero es claro que no se trata de esos, se trata de los que, al pensar, saben de veras lo que traen entre manos. Veamos en rápida e incompleta reseña lo que pasa. En la poesía, a pesar de ser este un género que se presta como ninguno a decir la verdad de lo que se siente, tenemos sólo poetas que se proclaman ortodoxos, y que, a lo sumo, se permiten dudar provisionalmente o contradecir sin querer, o haciendo como que no quieren, el dogma, pero que jamás pueden ser acusados por pertinaces. En el teatro, los más atrevidos consideran como una temeridad ridícula cualquier género de franqueza de este orden. Aquí no hay previa censura ahora, si mal no recuerdo, pero es porque no hace falta. El público sería el que castigaría la menor audacia en el orden espiritual, llevada a la escena. La prensa, la literaria, nunca dice una palabra más alta que otra, y entre la aristocracia de las letras, novelistas, críticos, articulistas, eruditos, etc., pocos serán los que se atrevan a declarar que no son católicos.

Y siendo esto así, como es, y podría demostrarse con nombres propios y más pormenores; y siendo no menos cierto que cuando se declara que conviene la libertad de pensar por algo será, resulta una contradicción entre lo que se pide y lo que se tiene, entre la ley y la vida. Hemos tenido todos los inconvenientes que vienen de escandalizar a un pueblo apegado a sus tradiciones de intransigencia religiosa con nuevas doctrinas políticas nacidas de un espíritu protestante y reformista en lo más hondo de los intereses sociales, y aún no tocamos ninguna de las ventajas que pueden nacer, y en otras partes han nacido, del ejercicio de ese examen independiente. En todos o casi todos los países que han acogido la Reforma, y con ella la libre investigación, dentro de ciertos límites o completa, ha sido uno de los resultados casi constantes el conocimiento directo y popular del Evangelio. Pues, en este punto, aquí ni siquiera hemos llegado a donde los ortodoxos franceses, uno de los cuales, fervoroso defensor de la tradición, acaba de publicar el Evangelio traducido en forma moderna, con estilo contemporáneo, para que pueda ser leído como obra popular y amena. Aquí ni siquiera a esto se ha llegado. El pueblo no suele leer el Evangelio en ninguna forma. Pocas veces en la historia se habrá pensado menos en Dios, en lo Divino, en lo Absoluto, que en nuestra época, en nuestra patria. Nuestros libros casi nunca se refieren a tales asuntos, y los pocos de fuera que se leen, o no hablan de semejantes ideas, o hablan los más, para negarlas o ponerlas en cuarentena o detrás de un velo impenetrable. En materia de meditación religiosa y de filosofía primera, bien se puede decir que reina entre nosotros la paz de Varsovia...

¿Y a qué viene todo esto?

Recuerde el lector que decía yo más arriba que iba a señalar lo que había de echar de menos en la *Historia de la literatura*, de Menéndez Pelayo. A esto viene todo lo que antecede. El gran espíritu de Menéndez Pelayo, que podrá y sabrá encontrar en las entrañas de nuestros libros viejos el espíritu de nuestro pensamiento y de nuestro corazón... no ha de penetrar de fijo en lo más esencial de todo corazón y de todo pensamiento con libre criterio, sino con el criterio bien conocido que la ortodoxia le impone. No es esto censurar al ilustre crítico. ¿Cómo habría de ser eso? Católico sincero, de los que no juegan con sus creencias ni hacen alarde de ellas para ganar relaciones y ciertas clases de influjos, es muy digno de respeto en su doctrina invariable y nada comunicativa; pero yo aquí no le motejo, ni le sonsaco, ni le juzgo, pues fuera inútil imprudencia; sólo declaro el hecho, no por futuro menos cierto, de que en su *Historia* no se verá originalidad, espontánea perspicacia en lo más hondo, más [44] puro, más esencial de la idea literaria. Antes que el interés puramente científico y artístico de la verdad, se verá el interés de la creencia religiosa; y, a lo sumo, lo que podrá conceder, por vía de tolerancia, a los que no sean de su comunión, será una tendencia prudente y discreta, de frío buen gusto, a tratar con lenidad errores, según él, que tiene que abominar; a huir siempre que pueda de cuestiones de trascendencia religiosa para evitar conflictos de ideas y pasiones... Pero estas mismas concesiones, esta tolerancia negativa del silencio, de la preterición y el eufemismo, que es hoy lo que priva, como la más exquisita, última palabra de la buena educación social cosmopolita, si serán dignas de agradecimiento y alabanza por varios conceptos, serán también nuevos puntos obscuros, *obra muerta* que señalará más y más el vacío a que antes me refería.

El padre Gago y *El Motín* pueden muy bien discutir en estos tristes días de crisis terrible para el pensamiento; pueden discutir, porque cuanto más daño se hagan, más contentos. Espíritus separados por confesiones, por escuelas, por creencias, y unidos en lazo invisible por igual aspiración desinteresada, ideal, puramente religiosa, no pueden hablar unos con otros de lo que es para unos y otros lo primero, el amor más querido. Nadie tiene la culpa de esto; es una fatalidad que por los efectos parece un crimen, pero no es un crimen, porque no hay ningún criminal.

Y sin embargo... ¡sería tan fácil entenderse!...

Para que se comprenda mejor mi pensamiento por lo que respecta a la deficiencia que espero encontrar en la obra de Menéndez Pelayo, tan llena de excelencias de fijo, pondré un ejemplo. Llegará en su *Historia* a hablar de Santa Teresa; nos hará penetrar en aquel espíritu enamorado de la Divinidad, nos hará sentir sus deliquios... pero no podrá hacernos ver lo más sublime en la Santa, que es, para muchos, para los que no participan de la ortodoxia del autor, el valor pura y exclusivamente humano del esfuerzo místico, la grandeza inenarrable de la espontaneidad natural, desamparada de todo auxilio milagroso, aunque probablemente en misteriosa impenetrable relación suprema con lo divino.

No es fácil explicarse con claridad en estas materias, por exponerse a herir muy respetables susceptibilidades. Pero ello es que, para todo el que piense que la independencia del juicio en los más arduos y principales problemas de la vida es muy importante, no podrá menos de ser un anhelo, legítimo anhelo, ver aparecer algún día un historiador de nuestra vida intelectual y sentimental artística que añada a las condiciones de crítico que asisten a Menéndez Pelayo, la que sólo puede tener quien esté desligado de compromisos confesionales al penetrar en la filosofía o en la historia para arrancarles sus secretos de verdad, bien y belleza.

No cabe ya en esta especie de introducción detenerme a considerar las cualidades todas a que se ha de aspirar cuando se escribe en el sentido de vulgarización al principio señalado, de la literatura española en épocas pasadas; mucho hay que decir sobre el particular, a más de lo indicado en esta reflexión general sobre el tema; pero ya que por torpeza de la pluma no he podido llegar a este desarrollo del contenido, por ocupar demasiado espacio con los rasgos generales, aprovecharé la ocasión para exponer mis ideas y observaciones acerca del particular, el día en que trate de algún asunto concreto en esta materia, cuando me refiera a la lectura de algún autor español de otros tiempos, o a otro punto análogo.

ZOLA.- *LA TERRE*

- I -

Después de leer la última página de *La Tierra*, de Zola, quedó mi espíritu, este pobre espíritu de que hoy no se atreven a hablar muchos, por vergüenza, dulce y tristemente impresionado. Eso que podría llamarse lo bello doloroso, fecundo fermento formado con miles de esperanzas e ilusiones disueltas, podridas, germen de una vaga aspiración humilde, en mi sentir *cristiana*, a lo menos cristiana según el cristianismo de la agonía sublime de la cruz; esa tristeza estética, eterno *dilettantismo* de las almas hondamente religiosas, era el último y más fuerte aroma que se desprendía de aquel libro, tan insultado por ese terrible término medio de la inteligencia y de la moralidad, que jamás perdonaría a la Magdalena ni jamás dejaría la capa a la mujer de Putifar. Yo creo sinceramente que un alma buena no puede ver, en las libertades de lenguaje de Zola, la especulación del miserable que comercia con la lujuria literaria del mundo. Podrá haber en tal prurito una aberración, algo enfermiza si se quiere, una gran exageración romántica, una de esas exaltaciones nerviosas en que la ilusión nos lleva al extremo de querer vivir *sub specie æternitatis*, no sometidos a las condiciones accidentales de nuestro tiempo, coetáneos sólo de los espíritus nobles, agudos y fuertes; ilusión semejante a la de esos simpáticos soñadores políticos que quieren vivir bajo el imperio de un abstracto derecho natural, tan puro como aéreo, tan imposible como impalpable: lo que yo no creo que haya en Zola es un sarcasmo sangriento y lucrativo, fríamente calculado, mediante el cual demostrara el escritor que llaman, y a veces se llama, pesimista, que el mundo es efectivamente tan malo que compre por cientos de millares los libros que le escandalizan, y a cuyo autor apedrea con insultos y calumnias. Lo que debe de haber en esto es lo que acabo de indicar: el afán de escribir para todos los tiempos y para ninguno, para lectores ideales ante cuyos sentidos y potencias todo en la naturaleza sea santo, por ser todo igualmente digno, sea bueno, sea malo, parezca feo o parezca hermoso. Lo cierto es que en los libros de Zola el instinto afrodítico es un *deus ex machina*, pero no una delectación   voluptuosa: se parecen tanto a una tentación de lascivia como puede parecerse una clínica de enfermedades secretas. Sin embargo, en este punto nadie puede responder más que de sí propio: se han visto tales aberraciones en esta materia, que bien puede ser que algunos de esos críticos que tanto se escandalizan se hayan sentido sobrexcitados a deshora con las brutalidades de Buteau o las abominaciones de Nana; porque es evidente que en los mismos hospitales hay casos de repugnante desenfreno, y no faltan ejemplos de actos bochornosos en que fue la víctima un cadáver. De todo hay en la naturaleza y en las letras contemporáneas...

La última impresión que me dejó *La Tierra*, decía, era de una tristeza que en sí misma lleva una especie de consuelo tenue, pero muy dulce a su modo; sentimiento incompatible con el recuerdo vivo y excitante de toda sugestión pornográfica. Se comprende que la abadesa de Jouarre y su amante hablen de amor a las puertas de la muerte; pero no se comprendería que se deleitasen con obscenidades. Francisca de Rímini y Paolo, arrastrados por la *buffera infernal*, siguen amándose en apretado abrazo; pero no se dice que gocen con lasciva complacencia. El que vaya a buscar a *La Tierra* argumento para deliquios bochornosos, no digo que no pueda encontrarlos; pero el lector sereno, atento y de buenas costumbres, y con un poco de corazón y con alguna idea en el cerebro, que ingenuamente se deje llevar por el autor a la impresión final y suprema a que naturalmente conduce el libro, ese estará, al terminarlo, a cien leguas de todo pensamiento lúbrico...

En todo caso, podrá ser un defecto de Zola, extremado en *La Tierra*, esa excesiva desnudez, esa franqueza ultraparadisíaca; pero también hay exageración en achacar a esa debilidad tanta importancia que se llegue a hablar, como M. Brunetiere, de «la bancarrota, del naturalismo». Lo principal del naturalismo de M. Zola, que es del que se trata, son sus novelas, y estas gozan de perfecta salud y de no menos sano crédito; llevan consigo una virtud que las hace superiores a todos los ataques de una crítica parcial y estrecha, y a los extravíos del propio espíritu sectario: esa virtud es el grandísimo ingenio del novelista, que sale triunfante de las asechanzas de sus enemigos y de las más temibles de sus propias aberraciones.

Hoy se escribe mucho; hoy, muchos autores notables, de gran talento, es más, hasta las medianías, toman cierto aire de eminencias, gracias al adelanto común, a esas ventajas que Hæckel llamaría filogénicas, no ontogénicas; perfecciones debidas a la selección, méritos de la masa social, méritos de esa gran casualidad, si lo es, que se llama *el progreso*. Y distinguirse entre tantos hombres que se distinguen, ser eminencia entre tantas eminencias, es algo más que ser el ciprés del clásico, y aún más que el cedro del Líbano: para llegar a tanto hace falta llamarse *Washingtonia*. Zola ha ido conquistando, si no adeptos, admiradores, no por sus teorías, sino en gran parte a pesar de sus teorías. No hay gloria mayor. Así ha sido la de Víctor Hugo: sus grandes obras han servido de hipoteca al crédito de sus doctrinas. Entre nosotros, en esta España de Quintana, no se comprendería siquiera la teoría del *verso-prosa* si Campoamor sólo tuviera en su favor sus luminosas paradojas y antítesis, y no sus hermosos poemas. No quiero hablar de lo que ha ido ganando el autor de *La Terre* en el ánimo de sus enemigos franceses y de otros países: quiero concretarme a España. Es posible que Cánovas siga aborreciéndole o despreciándole sin leerle; pero yo sé de muchos críticos que hoy le reconocen un valor que antes le regateaban. González Serrano dice de él: «¡Es mucho hombre!», y se queda pensativo recordando muchas bellezas profundas, grandes de veras. Menéndez y Pelayo ya no le trata con tanto desdén como algún día; y aunque insiste, con razón en parte, en negarle el caudal de conocimientos necesarios para ser un innovador en arte, no creo que le niegue dotes superiores de novelista... Valera, el maestro Valera, cuyas palabras todas yo peso y mido, no quedando contento si tengo que seguir pensando como él no piensa; el insigne Valera *ya lee* a Zola y le ha reconocido implícitamente algo de lo mucho que vale, parte de la importancia que tiene, si bien se obstina en cierta oposición radical a sus doctrinas y procedimientos, que yo no acabo de explicarme en nuestro gran crítico artista. Para mí, esta cuestión del talento de Valera negando el paso a Zola, es como para Bossuet la cuestión de la gracia y el libre albedrío, y para mis adentros resuelvo yo mi problema como Bossuet el suyo: estoy seguro del talento, siempre presente, de Valera, y seguro del mérito excepcional de Zola como novelista y en parte como crítico o, mejor, como reformista. De todas suertes, Valera ya ve en el escritor naturalista mucho más que veía hace años... cuando no lo había leído. Hasta Cañete, que a última hora se ha enterado de los libros de crítica de Zola, declara que, en efecto, hay allí mucho que aprender, y le cita como autoridad a cada paso. Por cierto que este Sr. Cañete, que a lo menos es leal, hace con los hombres a quienes va reconociendo mérito, a pesar de tenerlos por *inmorales*, lo que hizo Dios con Adán: lo saca del barro. De barro hizo Dios al primer hombre, y del cieno del lodo de sus metáforas y alegorías palustres saca el buen Cañete a Zola y sacó antes a Echegaray (para volver a zabullirle)... Hacen mal los críticos, y mucho peor los novelistas, que no leen al autor de *Germinal* (con atención y en francés, por supuesto), porque todos ellos podrían aprender mucho; por ejemplo, los unos a juzgar y los otros a dejarse juzgar, haciendo más justicia a críticos y autores respectivamente.

Lo digo con entera franqueza: para mí los franceses que no reconocen hoy en Zola un novelista superior, con mucho, a todos los demás que le ponen en parangón, cometen la misma injusticia, o, mejor diré, tienen la misma ceguera que cuantos, al hablar de oradores españoles contemporáneos, mezclan a Castelar con los demás, lo barajan con ellos. Castelar es un orador... aparte, de otro modo que los demás grandes oradores de nuestra tierra: Zola es mucho más novelista, *mucho más hombre* que Daudet, Goncourt, Bourget, Maupassant, etc., etcétera; es otra cosa.

Por casualidad leía yo, días pasados, una revista francesa del año cincuenta y tantos, y allí se hablaba de una de las primeras obras de Emilio Zola. ¡Qué extraño efecto me produjo una profecía sembrada al correr de la pluma, sin que el crítico le diera importancia, tal vez a guisa de tópico encomiástico, de que el tal profeta no se acordará acaso, si vive! Zola está cumpliendo todo lo que allí se anunciaba: la garra del león asomaba ya entonces, y el crítico la había visto, o por benevolencia la había adivinado. Las cualidades que en ese artículo y otros de aquellos tiempos que he leído referentes a otros ensayos de Zola, se descubrían en el novel escritor, siempre eran la fuerza, la originalidad, la valentía; tres ideas que de un modo u otro se juntan con la idea de creación. La fuerza, esa diosa de Spencer, ese misterio de todas las filosofías naturales, ese modo de llamar al gran impulso desconocido, tiene tan importante papel en el arte como en cosmología. Sí: los artistas a quienes llamamos *fuertes* son los mejores, los que crean. Zola es de esta raza: eso que llaman ya todos *su fuerza*, triunfa de muchas cosas: de sus enemigos, de sus abstracciones sistemáticas, verdaderas trabas de su genio, que le han atado ya con ligaduras tan importunas como la famosa historia natural y social de *una familia bajo el segundo Imperio*.

A Zola, que es un soñador en el fondo, y casi podría decirse un desterrado de lo ideal, si no pareciese rebuscada la frase; a Zola, alma sincera ante todo, le sorprendió y deslumbró un tanto la luz de la verdad que arrojó sobre todos nosotros lo que se llama *la ciencia moderna*, con sus tendencias... digámoslas positivas, *grosso modo*. En Zola, al lado de esa sinceridad y amor serio a lo cierto, no había esa levadura de *germanismo* ni la otra de antiguo *humanismo*, que es acaso lo que Menéndez y Pelayo echa de menos cuando habla de la ignorancia del autor naturalista. Y, valga la verdad: estas ausencias, si por un lado le libraban de las incertidumbres y del quietismo de un Amiel, de las nebulosidades y podría decirse hipocresías inconscientes de tantos y tantos idealistas trasnochados, y le libraron, sobre todo, del pedantismo filosófico y literario, de los miedos ridículos, de los convencionales y oficialescos cánones estéticos, por otro lado precipitaron su concepción artística, haciéndole contraer excesiva solidaridad para su naturalismo con uno de los aspectos menos amplios y eficaces del llamado *positivismo*. Sí, hay que confesarlo: de esto se resienten principalmente sus doctrinas y lo que de ellas, en lo fundamental, aprovecha para su obra. Pero también es verdad que, tanto en la crítica como en la poesía de Zola, el que quiera ser justo y ver claro tiene que distinguir tres elementos: el genio creador con singulares dotes, con originalidad y novedad evidentes; la doctrina *propia* de ese genio en sus rasgos esenciales; y, por último, la influencia de las teorías positivistas francesas en la obra y en la crítica de este escritor insigne.

No es esta ocasión, ni tengo yo ahora tiempo, para emprender estudio semejante: no hago más que apuntar lo que para él me parece necesario, lo que tal vez ensaye algún día, y lo que, sobre todo, en mi opinión, deben tener presente los que se atrevan con tamaña materia crítica.

Es preciso, por ahora, volver a *La Terre* y no salir más, en estas consideraciones, de lo que sugiere este libro.

La tierra de que habla el poeta es la que nos da de comer primero, y nos come después. La novela o poema, si así quieren llamarlo, comienza por la sementera y acaba en el cementerio. El hombre araña la tierra, siembra el grano, recoge el fruto, vive de esta substancia, repite con perpetua monotonía las mismas operaciones unos cuantos años, y al cabo la fatiga le rinde, cae en el surco, para él más hondo, como semilla que no ha de resucitar espigando sobre los campos reverdecidos. Tal vez todo eso es triste; tal vez, mirándolo bien, no lo sea; pero, de todas suertes, es así.

Pero antes del último trance hay que luchar para tener lo que llamamos el derecho de ser quien siembra y quien recoge. Además de la poesía más o menos melancólica, según se mire, de esta monótona faena del sembrar y recoger para acabar por morir y ser enterrado, hay la prosa, seguramente aburrida, del registro de la propiedad, la hipoteca, la inscripción, el título, la escritura, el *tabelión* y el *Azzecagarbugli*. ¡El mismo campo que puede ser teatro del idilio y la égloga, figura en el empolvado archivo del Registro, descrito por sus límites y cabida! Y ¡qué más!, la misma égloga clásica de Virgilio comienza inspirándose en motivos de prosa pura, cantando agradecida al que aseguró a Titiro su derecho de propiedad sobre los campos en que apacienta su ganado:

...deus nobis hæc otia fecit.

Hic mihi responsum primus dedit ille petenti.
«Pascite, ut ante, boves, pueri; submittite tauros».

Los que encuentran poco poéticos a los aldeanos de Zola, recuerden que este mismo Titiro, modelo de pastores ideales, se alegra de haber sido abandonado por Galatea porque mientras fue suyo no tenía libertad... ni dinero:

...dum me Galatea tenebat,
Nec spes libertatis erat, nec cura peculi.
Quamvis multa meis exiret vict ma septis.
Pinguis et ingratæ premeretur caseus urbi,
Non unquam gravis ære domum mihi dextra redibat.

Dice que en vano de sus establos salían numerosas víctimas; en vano para una ingrata ciudad fabricaba los mejores quesos; siempre se volvía a casa con las manos vacías, sin un cuarto.

Estas y otras realidades se encuentran en la primera égloga del mantuano; y si leemos el que es tal vez su mejor poema, *Las Geórgicas*, veremos que la inspiración constante de aquella poesía tan sincera, notable y sensible es la *Naturaleza útil*. Pero *Las Geórgicas* son un poema campestre... sin hombres: no hay allí una fábula humana a la que sirva de marco o de fondo la verdura de prados y bosques. Por eso acaso es apacible, suave; por eso conforta como una meditación tranquila en las soledades de un retiro. *La Terre* de Zola es el campo... más el hombre...; *la vermine*, como él dice tantas veces. La tierra más el gusano, la tierra más la propiedad: y la propiedad es el drama de la tierra. Estos aldeanos de Zola, estos Fouan, la Grande, Buteau, parecen verdaderos autóctonos: se diría que tienen todos un aire de familia con el mismo terruño pardo. Si en otros siglos serían siervos de la gleba por la fuerza, ahora lo son por la codicia. No basta decir la codicia: es una codicia que toma tornasoles de amor y de manía; una codicia vegetativa que acerca las almas de estos seres a la condición sedentaria de las plantas. Son lombrices de tierra; son como esos pobres sapos que confundimos con el piso fangoso y negruzco, de cuya substancia parece que acaban de nacer cuando saltan a nuestro paso.

De amor y tierra, de lo que se hacen los hombres, de lo que Dios hizo a Adán, según la hermosa tradición asiria, hizo Zola esta novela en que, si tal vez el dolor humano calza demasiado alto coturno para realzar su valor trágico, la verdad de la pena irremediable se revela en ayes auténticos, de cuya autenticidad responde el timbre, que no cabe falsificar, de las entrañas que vibran desgarrándose.

No sabe escribir libros tristes y desconsoladores el que quiere. Muy fácilmente se logra hastiar, aburrir: es más difícil entristecer. Para que un lector de alma templada medianamente llegue a contagiarse con la melancolía del arte, hay que llegar al *dolor metafísico*; quiero decir que el artista ha tenido que llorar primero con esas penas hondas, de valor universal, de las que no consuela una filosofía... tal vez incompleta.

No es lo mismo arrancar lágrimas que despertar el dolor. A las lágrimas se llega, no sólo con el mijo de los espectadores persas, sino con otros recursos morales y retóricos. Hace sentir piedad y lástima un poeta sencillo, candoroso, superficial en sus ideas, que posea el don de reflejar desgracias contingentes de sus personajes; pero no llegará este poeta, porque no ve, pensando, los dolores grandes y no contingentes de la vida, a teñir de luto las almas reflexivas. Si Emilio Zola es uno de los grandes poetas modernos del dolor, lo debe ante todo a que primero ha sabido pensar y sentir las grandes penas generales, que son como el horizonte visible de la vida. Esto es lo que da autoridad, seriedad y profundidad a muchos de sus libros.

No es en él lo principal el naturalista, ni el pesimista, sino el filósofo de la tristeza, el Jeremías épico. El naturalista ayuda con su arte mucho a los efectos expresivos: el pesimista perjudica no poco al poeta pensador, que, así como Pitágoras filosofaba en *versos de oro* (suponiéndolos suyos), filosofa en elegías de prosa épica. En *La Terre*, las reglas primordiales del naturalismo sirven mucho para el efecto, que el autor se propone, ayudan al asunto; pero el pesimismo casi sistemático, por lo menos tenaz y voluntario, trae consigo algunas exageraciones y esa falsa composición que tiene que producir sin falta el *mal geométrico* de los desesperados en absoluto por vía científica, bajo la ley de un principio. Fuera de esto, es *La Terre* uno de los libros modernos que más fiel eco han de dejar del más hondo, serio y sentido pensar de nuestros días. Es más triste que *L'Assommoir*, y tanto como *Germinal*, porque revela y retrata la miseria en donde es más doloroso que la haya.

L'Assommoir, en efecto, pinta la epopeya del dolor *ciudadano*; nos habla de los horrores de miseria moral y física que producen siempre los emporios de civilización, las grandes aglomeraciones de hombres que parece que renuevan eternamente el mito de Babel, como si la acumulación de vida humana diera de sí necesariamente, a modo de ambiente eléctrico, una influencia diabólica. Aunque es ya triste eso, que muchos hombres juntos produzcamos el diablo, le queda un consuelo al misántropo en pensar que la mayor parte del mundo está desierta, y que aún, en tierra de cultura, lejos de las ciudades, los habitantes del campo viven diseminados; y parece que ha de ser más tolerable, menos nocivo, el trato humano, en pequeñas dosis y mezclado con grandes cantidades de naturaleza: como si dijéramos, que puede tolerarse un hombre si se le encuentra rodeado de trescientos árboles. Dicho aún de otro modo, es indudable que el campo y su vida se ofrecen como una esperanza al alma que abruman las tristezas de la gran ciudad con todas sus miserias inevitables, que vienen a ser, o a parecer a lo menos, como un efecto de química moral, un precipitado de dolor y pecado que obedece a las leyes invencibles. Consuela el pensar: «Bien, esto es muy triste, pero no es irremediable: queda el recurso de no juntarse tanto los hombres. La vida que *L'Assommoir* retrata no es forma necesaria de la sociedad. Diseminemos a los hombres: no tocándose tanto, no se devorarán tanto, ni se mancharán con tanta impureza. Babilonia, Antioquía, Roma, París, disuelven y enfrían el hogar, envenenan el amor, matan de hambre al débil; pero queda la aldea: los campesinos serán mejores, porque a menos condensación de humanidad debe de corresponder menos malicia». A esta esperanza responde *La Terre* con un desengaño, que no tendría gran valor ni produciría la gran tristeza que produce, si la realidad desmintiese al novelista.

¿Quién, a poco que haya vivido, no ha experimentado esta amargura de ver que en vano buscamos en nuevos parajes, en otros climas, en otras costumbres y clases de sociedad, el hombre bueno, la hermandad verdadera, la abnegación, la generosidad, la idealidad triunfante? Hay almas buenas, grandes virtudes, muchas secretas; pero la multitud de los malos, de los espíritus mezquinos, egoístas, materializados, nos da la impresión dominante de desconsuelo y desconfianza que convierte la vida a cierta edad, en una decepción melancólica por lo que toca a las esperanzas de la tierra. En medio de tanto progreso, ante un visible, innegable mejoramiento, debido a fuerzas anónimas e impulsos impersonales, a leyes de mecánica y fisiología social, nos sorprendemos cien veces, suspirando por dentro con esta exclamación en el alma: «Sí, pero ¡qué escaso papel representa la virtud en todo esto! ¡Qué poco caso se hace en el mundo de los que son buenos, y qué pocos lo son! ¡Cuánto grande hombre y ningún santo!».

Y libros como *La Terre* nos recuerdan estas positivas tristezas del mundo, que no son hijas de la hipocondría ni de un sistema de filosofía negra, sino de la observación más sincera, llana y sencilla. «La vida del campo no hace mejor al hombre: el hombre es generalmente malo por causas más hondas que las combinaciones de la forma social. Sí: es malo en París, es malo en la aldea: basta el amor avariento del terruño para corromperle: lleva consigo su codicia, y en cualquier clase de vida encontrará objeto para ella». Aquí ya no hay la esperanza que había en *L'Assommoir*: «Huyamos de las Babeles». ¿Cómo se ha de huir del mundo? «El cambiar de postura sólo es cambiar de dolor», dijo Alarcón el poeta: el cambiar de sociedad sólo es cambiar de miserias.

Esta idea de que el campo no es un refugio, es de la misma clase (aunque no tan terrible) que la hipótesis de figurarnos muchos de esos astros del infinito espacio poblados por hombres... ¡por hombres que pueden ser tan poco amables como los de la tierra!

¡No encontrar la felicidad, el prisionero, en el aire libre! ¡No encontrar el bien en las lontananzas vagamente soñadas desde las mazmorras de nuestra vida ordinaria, rodeada de necios, malvados, hipócritas y egoístas!

En *La Terre*, este género de dolores, reales, genuinamente humanos, es el que se despierta, al modo que el arte de la novela épica de nuestros días suscita las emociones. El habitante de la hermosa naturaleza la mancilla. No es su adorno, como en los cuadros de Poussin: es su carcoma, «*...la vermine sanguinaire et puante des villages deshonorant la terre*». Y además de mancillar el suelo que le sustenta, profana el amor que le crea y la familia que le perpetúa en la especie. Sí: el amor y la familia, esos refugios del alma desencantada, también aparecen contaminados: la podredumbre llega a ellos; de modo que ni en el espacio ni en el espíritu queda un asilo para la sed de bien y de virtudes.

El amor es más brutal en este libro, que en otro alguno de Zola. Sus extravíos no son los del alambicamiento sensual, sino los que vuelven a la naturaleza, al instinto de la bestia, a ser fuerza ciega de procreación: este amor busca el placer con vehemente ansia de necesidad fisiológica, con escasa conciencia del placer mismo y fuerte sensación de la ley material a que obedece. Y así tenía que ser para que correspondiese esta novela al asunto que trata; y por eso la lascivia de *La Terre*, con ser más descarada que la de otros libros del naturalismo, es, en mi sentir, menos escandalosa y menos nociva, como ejemplo y sugestión posible. En el primer capítulo de esta novela hay un símbolo del amor natural, del ayuntamiento carnal, como tendencia fisiológica para la conservación de la especie: es la *Coliche*, la vaca que Francisca lleva al toro. Ningún crítico de los que han gritado y gesticulado contra el brutal erotismo de *La Terre*, ha querido ver, en esta escena de la *Coliche* fecundada por *César*, el toro de M. Hourdequin, una explicación de todas las caricias torpes de aquellos aldeanos de la Beauce. La concupiscencia no cabe en la obra puramente animal: toda cópula no es escándalo de lascivia, porque, según las circunstancias, la unión de los sexos es impureza o no lo es; y, por caminos distintos, llega hasta la consagración sacramental en el matrimonio cristiano y a la castidad de la naturaleza en los misterios amorosos de los estambres y los pistilos.

Si ya no hay un rincón de tierra donde los pueblos no sean miseria humana, amontonada en calles y plazas o esparcida por campos y montes, habrá un refugio siquiera en ese nido de almas que se llama el hogar, la familia. Yo conozco con alguna intimidad a varios pesimistas y a varios ateos de verdad, que se acogen, como a un santuario de asilo, al amor de sus padres, de su mujer, de sus hijos; en el general escepticismo[10] desmayado y misantrópico que reina entre los espíritus que algo piensan y sienten (aunque tal vez no todo lo que debieran), y no son hipócritas, ni egoístas, ni aturdidos, se nota, comúnmente, un respeto incólume, como un último culto: el de los lares, cual si volviera el hombre, desengañado, a la religión primitiva de nuestras razas, que le decía: «Ama a los tuyos». Esta última tabla de salvación para el cariño la vemos zozobrar y hundirse en *La Terre*. La lucha por el terruño tiene por combatientes, no pueblos enemigos, como griegos y troyanos; no familias enemigas, como Capuletos y Montescos, sino herederos contra herederos, hermanos contra hermanos, y, lo que aún es más terrible, *successores* contra *auctores*, hijos contra padres. No se trata ya del heredero que fustigó la musa latina, de aquel que deseaba y hasta facilitaba por modos indirectos la muerte del testador, pero que al fin, mientras vivía, le halagaba para conquistarle: aquí se hereda en vida, descaradamente se disputa al antecesor su derecho a conservar lo suyo, se le arranca a Fouan, el padre, lo que para él es más que la vida: la tierra. Para él, dejarle vivo sin tierra, es peor que enterrarlo en vida: se le obliga a un suicidio. Otros se matan por huir de la miseria: a Fouan se le mata todo menos lo suficiente para seguir teniendo la miseria misma a que se quiere arrojarle; pero al fin, como no se le puede arrancar el último bocado de pan para robárselo, se le sofoca y se le abrasa. Todo esto es horroroso; pero el que lea la novela de Zola no podrá decir, si algo entiende, que deja de ser artístico para convertirse en una *causa célebre*. Así como se engañan los que creen llegar al sublime trágico a fuerza de hecatombes, y hacen consistir el genio en no tener piedad de ningún género con los personajes que crea su fantasía, también se equivocan los que piensan que la sangre ahoga la poesía y el fuego la quema. Las grandes tragedias griegas no pierden su grandeza artística, su clásica hermosura, por los crímenes de Egistos y Clitemenestras, Edipos y Yocastas, Orestes, Medeas, Fedras y demás asesinos e incestuosos. En esas mismas obras, escogidas suelen pasar en familia las grandes catástrofes, y la raza de Fouan de Zola no aventaja en picardía y malos procedimientos a la de Layo, según testifica el mismo Racine, que por boca de Yocasta dice en *Los hermanos enemigos*:

En la raza de Layo, más atroces
crímenes viste ya.

Es ridículo, dígase de una vez, fundar la crítica literaria en el tanto de culpa que puede caber a los personajes; y ese argumentillo joco-serio, tantas veces empleado por el Sr. Cánovas, entre otros, y que consiste en decir: «Para esos horrores, me voy a la colección de causas célebres o a los archivos de las Audiencias», nada prueba, ni siquiera el ingenio de quien lo usa. Es claro que en los anales del crimen hay mucha materia artística; pero es como en las canteras de mármol hay templos y estatuas. El crimen no quita ni pone el arte. El Buteau de Zola es un parricida, pero no menos verosímil que Orestes, por ser un aldeano. «Es demasiado violenta la acción de esta novela -se ha dicho-; hay demasiados horrores: todo eso es posible, sí; pero no se retrata de ese modo el término medio de la vida aldeana: los aldeanos franceses, en general, no son tan malos». Este argumento tendría fuerza si se demostrara que el arte realista ha de ser un término medio estadístico, y que Zola había ofrecido en alguna parte representar en su *Terre* a la mayoría de los habitantes del campo.

Por de pronto, el término medio en literatura, es absurdo. Recurso matemático de más o menos discutible eficacia y valor científico, en asuntos sociológicos es una abstracción, imposible en poesía. Cualquier autor o cualquier crítico que hablen de pintar costumbres, pasiones, caracteres por términos medios, confunden el arte de Shakespeare y Cervantes con los procedimientos de Quetelet y Assiongaber. Verdad es que hay críticos en el día, que más parecen agentes de una sociedad de seguros sobre la vida, que amantes de las letras. Zola no pinta lo *ordinario* en las pasiones de los aldeanos, en el sentido de pintar lo excepcional tampoco; pues ni en el mundo, tal como por ahora es, ni con el arte, por consiguiente, cabe considerar como excepcional el crimen, a no ser que no se entienda bien del todo lo que significa *excepcional*. Hay que fijarse en esto: la *Terre* dejaría de ser lo que pretende si retrase lo excepcional; pero no, escogiendo lo extremado, tan real, y verosímil por tanto, como todos los extremos de todas las cosas. Los polos de un objeto tan suyos, tan *naturales*, como todo lo que queda en medio.

Tropmann, el famoso criminal, no es carácter de un fiscal vulgar, pero puede serle estudiado y pintado por un artista; y casi lo es en poder de Lombroso, v. gr., que penetra, mediante análisis fisiológico y psicológico, en el alma enferma de aquel célebre desgraciado. Buteau, en la sentencia de un juez o en la crónica de un redactor de boletines del crimen, sería carne de verdugo simplemente: en manos de Zola es todo un carácter, con todas las cualidades que la belleza exige, sea en el bien, sea en el mal.

Lástima que, por motivos ajenos a mi voluntad, no pueda yo detenerme ya a examinar particularmente los muchos méritos de este libro que, a pesar de ciertas *crudezas* y notas exageradas, es uno de los más *seriamente importantes* del insigne novelista francés.

Variando, o, mejor, dejando sin cumplir mi propósito, habré de terminar este artículo sin completar la materia (después de hablar de la impresión general que *La Terre* me produjo) con el examen de sus caracteres, de sus magníficas escenas y descripciones, Fouan, su mujer, todos sus hijos, no son personajes que se olvidan tan pronto. Confesando que este trabajo queda incompleto, lo termino por causa de *fuerza mayor*, pero sin renunciar a la idea de venir como a reanudarlo en cualquiera otra ocasión que se presente de tratar de las últimas obras del gran creador de los Rougon-Macquart, para mí el ingenio más poderoso de cuantos hoy tiene vivos la literatura.

EL TEATRO Y LA NOVELA

La mayor parte de los que hoy escriben de crítica literaria con algún fundamento, reconocen que el teatro decae, y que para volver a su florecimiento necesitará transformarse.

La forma de este teatro nuevo, que tanto desean algunos, no se ha encontrado; nadie se ha atrevido a decir cómo ha de ser; se reconoce generalmente que sólo el genio que dé con ella podrá resucitar el interés puramente artístico de las tablas.

En el teatro hay que distinguir, sobre todo al hablar de su general decadencia, entre el arte y el espectáculo. El teatro, como espectáculo, no decae; por el contrario, en el movimiento de la cultura popular se nota que esta *diversión* penetra más y más en las necesidades artísticas del pueblo. Pero cómo obra literaria, pocas veces satisface a los hombres de gusto lo que en estos días producen los dramaturgos contemporáneos. Aplaudimos a los poetas dramáticos *relativamente*, y el entusiasmo que en el vulgo causan tales o cuales autores, lo toma quien se cree, por lo menos, *aficionado* al arte, como señal de la común y (pudiera decirse) plebeya ignorancia, entrando, por supuesto, en esta plebe gran parte de la clase media y otra no exigua del *gran mundo*.

Por esta diferencia entre el espectáculo que el público protege y el arte que ya no satisface a los inteligentes, se explica el buen éxito de muchos dramas y comedias cuya lectura es un desencanto, y que, aun representados, dejan frío al que entiende de literatura, es decir, al que sabe sentir, pero además pensar por cuenta propia y juiciosamente en estas materias. El espectáculo ha entusiasmado a gran parte del público, a la mayoría, con la cual votan los periodistas amigos del autor y otros gacetilleros bonachones (vulgo hecho literato por medio de la prensa diaria), y el autor puede creerse, tiene derecho a creerse un genio, porque así se lo llaman cien papeles de la capital y de las provincias. Las causas de que el espectáculo haya producido tal efecto, pueden ser muchas; no pudiendo enumerarlas todas, citaré algunas de las más frecuentes. Si la obra es de gran aparato o va acompañada con música sensual, o lleva el atractivo de una actualidad maliciosa, la aplaude, y hace que viva meses y meses, el público más iliterato, el que todos llamamos vulgo. Pero si el autor ha sabido lisonjear la vanidad del vulgacho más insignificante en este respecto, del que se cree inteligente porque lleva camisa limpia y *ha visto mucho*; si sabe ponerse al nivel de aquellas cabezas que la *banalidad* (como dice un escritor español que escribe a ratos en francés) ha medido por un rasero, entonces el buen éxito se lo fabrican en palcos y en butacas; y como estamos en tiempo de libertad y de igualdad y no se reconoce autoridad ni nada, a la persona de gusto que protesta contra la ovación se la llama envidiosa, y la fama del poeta vuela, y, si hace falta, se recibe con palio en su pueblo natal al autor del portento. Mas como el espectáculo puede durar días y días, pero al fin ha de dejar el puesto a otro, lo que queda es el libro, el drama representable, no representado; y entonces el gran público, el del buen éxito, ya se ha disuelto, ya está aplaudiendo a otro *genio* de moda, y el primor del que anduvo bajo palio, olvidado, porque la crítica verdadera, los aficionados inteligentes, el buen gusto ilustrado, no había aplaudido, y en el arte el que tiene memoria, el que conserva las obras dignas de tal honor, es este público: no el otro; el pequeño, no el grande.

El espectáculo era brillante, y brilló; pero también era pasajero, y pasó. Cuando las personas que pueden hacerlo, juzgan bueno un drama, queda, pasa a las generaciones siguientes con aureola de gloria, aunque el éxito de su *espectáculo* no haya sido una apoteosis, ni nada parecido. En cambio, otros dramas con apoteosis por razón de *su espectáculo*, se olvidan muy pronto. *Un drama nuevo* se representó trece noches, a su autor no le levantaron estatuas, y, sin embargo, *Un drama nuevo* se representa siempre, y gusta y gustará, no se sabe hasta cuándo. *Consuelo* tuvo un triunfo que, comparado con otros de ahora, fue una derrota, y, sin embargo, *Consuelo* se admira más cada día. Pues pregúntese a los partidarios más ardientes de ciertas maravillas escénicas recientes, y ellos mismos tendrán que confesar que no confían en la duración como en el efecto del momento. Las obras que no admira el público capaz de juzgar rectamente, no duran; las ha aplaudido el sentimiento, que no tiene memoria. La memoria está en el cerebro; es compañera de la inteligencia.

Con la novela sucede lo contrario; no tiene espectáculo, es todo arte; el gran público, mejor, el público grande, no la lee siquiera, o la lee y no la entiende, (hablo de la novela artística, no del folletín estupendo, que va reemplazando sin ventaja a los romances de ciego); pero, en cambio, las personas de gusto, las que reflexionan y saben de estas materias, reconocen que la literatura de la actualidad presente, la más propia de la cultura que alcanzamos, es la novela. No tiene espectáculo que brille; la novela más *escandalosa* no llega a producir el ruido de un drama que se aplaude; pero poco a poco va abriéndose camino, y cuando ya nadie recuerda ni el nombre de la composición teatral que tanto se aplaudió el mismo día que se publicó... *Gloria*, por ejemplo, la novela, toda arte y nada más que arte, sigue deleitando a los inteligentes. *Pepita Jiménez*, *El Niño de la bola*, *La Desheredada*, *Pedro Sánchez*, tuvieron por coetáneos dramas que yo no he de nombrar, de los que se habló en su día (su día... ¡uno!) mucho más que de los libros respectivos de Valera, Alarcón, Galdós y Pereda; y ahora, ¿qué hay de esos dramas? Ni el recuerdo. Si algún cómico de provincias los resucita, se quejan los abonados.

Todo es verdad. Pero como el artista desea disfrutar el aplauso que merece su producción, oler el incienso, paladear la alabanza, los novelistas de todos los tiempos han envidiado y envidian a los poetas del teatro sus triunfos ruidosos.

No se resignan a que, siendo su arte más espiritual, más alto, más sublime, el propio de nuestra época, el teatro -por ser arte, más espectáculo- se lleve el oropel, los triunfos rimbombantes. Hay que perdonar esta debilidad a los novelistas, artistas al fin.

Balzac, el mayor genio de la novela, se enamoró de sus productos teatrales. Flaubert no contuvo su comezón de brillar en el teatro hasta ser silbada, o poco menos, una comedia suya; este éxito le causó mucha pena. Daudet tiene un teatro abundante, que está eclipsado por sus novelas, pero acaso a él no le agrade esto, y hace poco le han dado un disgusto sus *Reyes en el destierro*, convertidos en drama. Zola ha consagrado la mitad o más de sus excelentes trabajos críticos a censurar el teatro y a los dramaturgos modernos; anhela la forma nueva del drama y fácilmente se adivina que sería para él la mayor gloria encontrarla en su cerebro. Además, muchas de sus novelas han pasado a los escenarios de París con su beneplácito y, a veces, con su colaboración... Todos los novelistas miran con envidia los triunfos teatrales.

En España ostensiblemente no se ha emprendido nada que anuncie este prurito. Pero yo sé, y lo saben muchos, que Galdós veía con gran placer sus creaciones dramáticas y cómicas expresadas en forma representable. Valera dice en alguna parte que el teatro es la más perfecta forma artística, porque reúne todos los medios de que puede usar el hombre para expresar belleza, y ha escrito un teatro del bolsillo que contiene cosas excelentes...

Sí, no cabe duda; a pesar de que el teatro decae y la novela próspera, por ahora los novelistas tienen motivo para envidiar, por lo que respecta al favor del público; a los poetas dramáticos.

Pero este fenómeno, cuyas causas muy de prisa he indicado, debe corregirse; debe procurarse que el *espectáculo* no tenga más valor, para los ojos del público, que el *arte*.

La crítica seria debe trabajar en este sentido. Va siendo hora de que la forma adecuada de la idea artística contemporánea ocupe el lugar que la pertenece en la atención de los pueblos cultos.

¡Qué tristes reflexiones no estarán haciendo a estas horas los autores de *Pedro Sánchez* y *La Tribuna*, novelas recientes, de que se habló apenas y que contienen tantas bellezas que estudiar y admirar detenidamente!

Para ellos un suelto displicente, un articulejo anónimo, o el silencio absoluto.

Y la apoteosis, como se dijo ya, para dramas que morirán bien pronto, entre otras razones, porque ni siquiera están escritos en castellano.

Aunque, por circunstancias que no importa explicar, estas revistas literarias no pueden ordinariamente referirse a la vida del teatro nacional, cuyas novedades aparecen casi exclusivamente en Madrid, no he de pretender convertir esta deficiencia material, inevitable, en sistemático propósito, ni menos he de achacarla a cierto desdén, muy en moda, del género dramático. Por esto, ahora que por vicisitudes que tampoco hay para qué determinar, he podido asistir a varias representaciones -algunas, estrenos- en los teatros de la corte, quiero aprovechar la ocasión para decir algo de este género literario, sin duda decadente entre nosotros y en muchas partes, pero que a mi ver no agoniza ni ha dejado de tener arraigada influencia en el gusto del público. No es el teatro, a no ser en manos del genio y en pocas socialmente propicias, el modo literario que refleja lo más delicado y profundo del espíritu estético de un país, pero sí el que habla con más claridad y precisión de las costumbres, del gusto y de otras varias señales de la cultura y del carácter de un pueblo, todas interesantes, no sólo para el crítico de artes, sino más aún para el historiador político y para el sociólogo. Así se explica que llamado en cierta ocasión el señor Cánovas del Castillo, estadista sobre todo, a estudiar el teatro español del siglo XVII, volviera principal y casi exclusivamente su atención a considerar los indicios de vida social que en las ficciones de la escena se descubrían para juzgar a los españoles de aquella centuria por las fábulas de sus dramáticos.

El público del teatro es el más fácil de estudiar, el que más se parece a la colectividad política; y por eso en el hábil dramaturgo que quiere, ante todo, agradar a los espectadores, hay algo del político experto en países democráticos; cierta ductilidad, cierta tolerancia con el convencionalismo, una especie de ánimo constante de transigir con las preocupaciones generales, y hasta casi casi con la falsedad. Más difícil es, por lo común, comprender el carácter del público de la novela, y más todavía el del público de la verdadera poesía lírica. Si, así como Hennequin quiso que estudiáramos la crítica literaria por su reflejo en lo que llaman los alemanes la psicología del pueblo o política, es posible también estudiar sociología experimental en los gustos literarios y en las producciones poéticas de un país para juzgar del público por las obras que lee o contempla, no cabe duda que tal género de investigación será más fácil y sencillo tratándose de las artes escénicas que de la compleja masa de lectores de novelas, poesías líricas, etc., etc. El buen novelista influye también, y mucho, en su pueblo, pero es a la larga, por complicadas incidencias; y en este punto viene a ser al autor dramático lo que el poseedor de las ciencias sociales al político práctico, de acción inmediata sobre su país. En estas revistas ordinariamente se trata de obras que pueden influir en la educación y el destino de nuestro pueblo por relaciones lejanas y poco ostensibles; pero ya que la ocasión se presenta, debemos considerar una vez siquiera ese otro influjo más patente, inmediato, sencillo en su forma, más plástico, del teatro como escuela del gusto y de la reflexión popular. Ni se puede decir en absoluto que el teatro es género secundario habiendo sido autores de dramas Esquilo y Sófocles, Shakespeare y Molière, Calderón y Schiller, ni aunque se pudiera demostrar la relativa inferioridad de la escena, sería lícito prescindir de ella al estudiar la literatura y el público de un país determinado. Hoy en España el teatro decae, sí, pero ni muere, ni deja de tener gran interés aún para la suerte de los demás géneros, lo que pasa en las tablas y lo que sienten, piensan y hacen los espectadores.

En esta temporada, me refiero a las semanas últimas, la monotonía de la languidez con que se arrastraba la existencia de nuestro teatro, vino a interrumpirse con ciertos conatos de novedad, de fuerza espontánea que, sea cualquiera su final resultado, merecen atención, aunque sólo fuera como cambio de postura y como resolución de una voluntad y conciencia que parecían dormidas.

De los cuatro elementos que debían contribuir a estos esfuerzos de novedad, o mejor, de renovación, dos a mi juicio han dado pruebas de aptitud para este empeño, aunque no con igual fuerza, ni en la misma medida en todas las ocasiones. Sin enigma, creo que los autores que han hecho algo últimamente por obligar a dar algunos pasos hacia adelante a nuestra literatura dramática han demostrado, en lo esencial, habilidad para tal empeño; y creo que el público, en general, ha comprendido la oportunidad y el valor del intento, aunque no siempre con la misma penetración. En cambio he notado que la crítica y sobre todo quien suele hacer sus veces, no ha querido o no ha podido entender lo que el movimiento iniciado significaba -aunque también en esto es justo señalar excepciones-; y por último, cabe afirmar que otro de los factores indispensables para tamaña empresa, los cómicos, han estado muy por debajo de su oficio en tal empeño, a pesar de los elogios que algunos de ellos merezcan por sus esfuerzos, por las esperanzas que hacen concebir y por otras circunstancias atenuantes.

Realidad, de Pérez Galdós, y *El hijo de Don Juan*, de Echegaray, aunque con bien diferente fortuna, son las obras que sirvieron para ensayar esos conatos de cambio, de renovación, a que me refería. No importa que por faltas de composición escénica, fácilmente reparables, *El hijo de Don Juan* haya servido menos para el efecto buscado, ni que aun *Realidad*, haya producido menos entusiasmo del que podía esperarse, por culpa de la inexperiencia del autor en achaques de medir el tiempo del teatro y en otros pormenores. No se trata aquí de procurar inútilmente reivindicaciones fiambres, ni nada tiene que ver este artículo con la defensa *póstuma* de este o el otro *resultado* teatral. Para analizar las obras citadas, en cuanto *estrenos*, es ya tarde; pero no para tomarlas en cuenta en una revista literaria mensual en que se procura atender a lo que influye de modo digno de estudio en nuestras letras y en el público. Galdós y Echegaray son dos de los hombres más ilustres que cultivan la literatura española, y el ver a nuestro primer novelista y a nuestro primer poeta dramático empeñados en la tarea de dar al teatro cierta novedad, de llevar a él más análisis, más reflexión, mayor verdad y la frescura de lo natural y la fuerza de las grandes ideas morales, debe hacernos pensar que se trata de algo serio y que, según se dice vulgarmente, en buenas manos está el pandero. Echegaray, viniendo de su singular teatro, de su romanticismo *sui generis*, se encuentra en el mismo terreno, por lo que al propósito importa principalmente, a que llega Galdós viniendo de una novela realista y ensayando en las tablas el efecto de su sistema artístico. Estos buenos deseos del novelista y del dramaturgo se han atribuido por algunos a motivos interesados, menos nobles y puros que los que yo estimo verdaderos.

Se ha dicho, por ejemplo, que Echegaray ensayaba de algún tiempo a esta parte nuevos recursos para seguir atrayendo la atención del público que estaba aplaudiéndole desde hace casi veinte años, para no pasar de moda, para adelantarse a posibles rivalidades de la novedad y el progreso. También se ha dicho, y esto por persona cuyo voto es de calidad, que Galdós pudo obedecer, al ensayar el género dramático, a la necesidad de renovar sus laureles y evitar el cansancio de *su* público, a quien tantas docenas de novelas podían tener fatigado. Yo creo que ni Galdós ni Echegaray han pensado en nada de eso; son ambos artistas verdaderos, concienzudos, reflexivos, y es natural que les importe la suerte del arte en su país y procuren, como puedan, su prosperidad y progreso. Echegaray tal vez sacrifica algo de su fama, su propio interés, en estos nuevos géneros en que anda; porque si bien su comedia *Un crítico incipiente* ha probado que también sirve el autor del *Gran Galeoto* para las *máscaras alegres*; y si bien las tentativas de realismo escénico, abortadas en varias de sus últimas obras, han sido felices en general, el Echegaray poderoso, vencedor siempre, con todos sus defectos, es el de antes, el impetuoso, el audaz, el singularísimo, el espontáneo... el romántico, en una palabra. Entiéndalo o no así, lo cierto es que D. José, prescindiendo a sabiendas de muchos resortes de efecto seguro de su talento dramático, de muchos recursos que él sabe que habían de servirle y que puede emplear, insiste en ensayar nuevas maneras, en ampliar el cuadro de la escena haciendo entrar en él ciertos elementos de naturalidad, de examen ético y de análisis estético que no solían verse en sus obras de antaño, ni en general, en nuestro teatro.

No sólo esto, sino que para ilustrar y educar el gusto del público acude a fuentes extrañas; y él que *in illo tempore* había traducido, o mejor, arreglado *El Gladiador de Rávena* de un alemán y se había inspirado en Ebers, el hoy pasado de moda novelista tudesco, el de la novela arqueológica, para escribir *El Milagro de Egipto*, ahora estudia al revolucionario Ibsen, cuya fama se ha ido extendiendo de Noruega y Suecia a Dinamarca, Alemania, Italia y Francia, y ensaya nada menos que una adaptación, una *asimilación* de uno de los dramas más *temerarios* del poeta del Norte, y se presenta en la escena del teatro Español con *El Hijo de Don Juan*, dispuesto a ganar una batalla de guerra a la moderna con los fusiles de chispa de que se puede disponer usando de la compañía del vetusto *coliseo*. Si el público no se mostró tan avisado ni tan perspicaz en el estreno de *El Hijo de Don Juan* como en el de *Realidad*, fue acaso porque de su autor favorito, siempre *efectista* (en el buen sentido de la palabra) esperaba otra cosa y exigía más resortes dramáticos y mejor composición al distribuir las escenas y acumular el interés. Pero no cabe decir, como han dicho algunos *aficionados* de la crítica, que lo que rechazaba el público era el género, las nuevas tendencias, el análisis en la escena, la necesidad de fijarse más que de costumbre y atender reflexionando, como se atiende cuando se lee una novela de alguna profundidad psicológica, o cuando se estudia un libro de los llamados serios y que tratan asuntos de historia, de ciencia, de filosofía, etc., etc.

El público acababa de demostrar que no es un *animal de pura impresión*, como se empeñan en afirmar muchos espíritus estacionarios, que no quieren que el teatro progrese; en el estreno de *Realidad* se pudo observar con qué atención y hasta interés seguían los espectadores de las galerías, de los palcos y de las butacas, todos, menos algunos *críticos*, el hilo de la acción; cómo procuraban penetrar el sentido del diálogo.

Se ha dicho, y lo han repetido críticos tan inteligentes como Bourget, que si la novela es análisis el teatro es síntesis; pero ni las palabras análisis y síntesis son exactas en el sentido en que se aplican a estas cosas, ni se puede convertir en dogma cerrado y sin distinciones una afirmación que tomada en cierto sentido vago puede ser verdad. Lo que sí debe decirse, que el análisis en la escena no puede tener el mismo carácter ni los mismos instrumentos de expresión que en la novela. Como indicaba con feliz comparación la Sra. Pardo Bazán poco ha, de género a género no debe verse la diferencia que va de especie a especie en la naturaleza, según los adversarios del transformismo, sino más bien una posible evolución que no niega la real y actual distinción de género a género, pero que no los separa por abismos. Es verdad, no hay que ver aquí algo como las castas, no hay que violentar por abstracción la naturaleza de estas divisiones del arte, que no son convencionales, pero que tampoco representan elementos incomunicables. Prueba de que se convierte en falsa ideología la distinción de los géneros en cuanto se los aísla, está en la necesidad que ha tenido la misma ciencia estética de reconocer los llamados géneros intermedios, que si hoy son unos cuantos, mañana pueden ser más, merced a nuevas *comunicaciones* entre los géneros capitales.

El teatro moderno aspira a una transformación; mejor que negar la posibilidad de un teatro rejuvenecido, conforme con las tendencias actuales del gusto y del arte, mejor que condenar esta literatura a una inferioridad metafísica, irredimible, es estudiar los legítimos medios de darle nueva vida, de llevar a ella nuevos recursos que, sin falsear su naturaleza, le den aptitud para satisfacer las modernas aspiraciones de la vida estética. La naturalidad, la verdad mejor copiada, la imitación más fiel del mundo, pregonan unos, y no sin razón; pero también puede ser elemento que dé vigor e interés nuevo a las tablas, al mismo tiempo que contribuye a esa verdad que se pide, la mayor intensidad psicológica en los personajes escénicos, la profundidad ética, el estudio más detenido y exacto de los caracteres. Hay que hacer en el drama lo que Wagner, en este mismo respecto, hizo con la ópera; no hay que ver allí un ligero pasatiempo, sino algo serio, aunque del orden estético puramente. Si Wagner deja a veces a obscuras la *sala* para que la atención se concentre en la escena, debemos ver en esto un símbolo de lo que necesita el teatro para renovarse; mucha atención por parte del público, el hábito de reflexionar *allí mismo*, de elevarse de pronto a las grandes ideas, de conmoverse profundamente, de sentir y pensar las *grandes cosas* a que nos llevan de repente la elocuencia de un Bossuet, de un Castelar, o un espectáculo sublime de la naturaleza... o la música profunda y sabia.

En el estado de ánimo en que por lo común se empeñan en mantenerse esos espectadores que encuentran el mayor placer del arte en convertirse en abogadillos fiscales, no es posible que llegue a las entrañas la profunda poesía, que exige reflexión y recogimiento. A este público presuntuoso, preocupado y distraído, que en vez de sentir da dictamen o *acusa*, y acusa por fórmulas de una frase estética aprendida de memoria, lo que le disgusta no es la innovación, no es el *análisis*... es la seriedad, es la profundidad, es el gran arte; dadle a Esquilo a este público y le encontrará *aburrido*, no *le resultará*, como dice él; este público es capaz de ver mucho *análisis* en Shakespeare o en Sófocles, y dice, de seguro, que Racine habla demasiado.

Pero este público no es el grande, el verdadero, el que sabe gustar las bellezas nobles y profundas -hasta cierto punto- si se le dan en ciertas condiciones de fácil asimilación, que a lo menos no las rechaza por preocupaciones de semi-sabio, ni de clase, ni de escuela..., ni por frivolidad ingénita mucho menos. No era el gran público el que *hacía frases* y decía mil sublimes necedades para burlarse de la resignación de *Orozco*, que no mata a su mujer infiel, según las pragmáticas teatrales, antiguas y modernas. Los que hicieron chistes contra

Orozco eran autorcillos silbados, empleados de consumos, o cosa así, disfrazados de gacetilleros en funciones de críticos... y no pocos *Orozcos* o *palos*: es decir, maridos tolerantes que hacen de la necesidad virtud... o granjería.

Valor y conciencia de lo que vale, necesitó Galdós para atreverse a ensayar la transformación de una novela suya en drama representable... y representado. Tenía contra sí, a pesar de las apariencias floridas, multitud de pasiones y preocupaciones, -que son *pasiones* intelectuales- tenía contra sí la necedad, la doblez, la rutina, la propia inexperiencia, la ligereza del pensamiento vulgar, general, predominante. *Los géneros no se transforman; lo que es novela no puede ser drama; el novelista no debe aspirar a ser dramaturgo.* Estos eran los dogmas filosóficos que perjudicaban a Galdós. También los había históricos: «*Balzac* no pudo vencer en la escena. Flaubert naufragó con su *Candidato*... Zola... Goncourt... Daudet». Y sobre todo, había esta reflexión *filosófico-histórica*, que no salía a la superficie, que no se oía por ahí, pero que trabajaba dentro de las almas, que no tienen cristal como cierto dios quería: «Y sobre todo, si Galdós, que es el primer novelista, *resulta* poeta dramático de primera fuerza, ¿qué nos queda a nosotros? Es mucha ambición esa; la ley de la división del trabajo, inventada por la envidia en la economía del arte, se opone a que Galdós triunfe en la escena, y no triunfará». Y triunfó, triunfó a pesar de estos *críticos* que, además de ser buenos zapateros o corredores de número, quieren ser buenos Sainte-Beuve o buenos Menéndez y Pelayo, y no consienten que Pérez Galdós sea, además de novelista, autor dramático.

Todo lo malo que se dijo de *Realidad* hubiera sido menos malo y menos injusto si se hubiera dicho después de reconocer que, en lo principal, el ensayo había dado buen resultado; después de reconocer la oportunidad del intento y la hermosura patente de algunos de los elementos capitales del drama. El que no sea capaz de comprender la fuerza y sobriedad hermosísima (no sobriedad en las palabras) del quinto acto; el que no vea algo nuevo y muy bello en aquella escena de Orozco y Augusta, no tiene derecho a censurar, en conjunto, la obra... como tampoco lo tiene para censurar *El hijo de Don Juan* el que pretenda hacerlo reflexivamente, como crítico, y censure al par con la mala composición del tercer acto el capital pensamiento del mismo, la idea, la intención y la forma de expresar lo culminante. Y, sin embargo, así se ha hecho generalmente. Si *El hijo de Don Juan* causa fatiga al final, es primeramente... porque lo representan de mala manera (aunque son dignos de elogio los supremos esfuerzos del Sr. Calvo), y además porque Echegaray ha olvidado también el *tiempo del teatro* (vicio en él antiguo) y no ha sabido equilibrar el diálogo ni acumular el interés; pero no porque *no se deba llevar a la escena la locura hereditaria*, ni los *casos patológicos*, ni porque sea *fúnebre ni tétrico* el argumento, etc., etc.

A los que digan que Echegaray no ha construido bien el último acto de su drama, nada tengo que oponerles, y se me figura que el mismo Echegaray tampoco; a los que busquen defectos más importantes en la acción, en los caracteres, en la transformación de la idea fundamental de Ibsen, podré yo acompañarles, como puede verse en mi artículo *Ibsen y Echegaray*, publicado en *La Correspondencia*; pero al que vaya más allá, al que anatematice el *origen* del *Hijo de Don Juan* y todo su desenvolvimiento, y niegue que allí hay mucha belleza, no sólo en las *frases*, en los que llaman ciertos críticos *grandes pensamientos*, sino en lo que podía servir para reconstruir el drama y convertirle en obra muy hermosa, al que tal haga bien se le puede negar criterio y gusto suficientes para tratar estas cosas. El público tiene derecho para abstenerse de aplaudir cuando un tercer acto le fatiga, le *molesta*, y no se le puede exigir que ande echando el tanto de culpa que le corresponda al actor... pero la crítica es otra cosa; para ser otra cosa es crítica. Y ha sido, a mi entender, ciega la que en el drama de Echegaray *inspirado* en Ibsen, no ha visto más que el fracaso, el desacierto.

Lo ha habido, pero también otras cosas dignas de estudio; sobre todo, hay mucho que estudiar en estos nobles esfuerzos del poeta, de nuestro primer dramaturgo... uno de los pocos que con verdadera alegría celebraba días antes de ser él derrotado (!) el triunfo del novelista que se atrevía a colocar sobre un frágil tablado el peso de la realidad del mundo sin que esa realidad fuera a dar al *foso*.

No lo dudemos; lo que acaban de hacer Echegaray y Galdós es algo importante, serio, digno de ser considerado sin la preocupación pasajera del *estreno*, del éxito inmediato. *Un drama nuevo*, que con feliz idea *representó* Vico hace poco, es, como obra *teatral*, como composición escénica, infinitamente superior a los dramas en que se encarnó entre nosotros el ensayo de renovación dramática; y, sin embargo, el *Drama nuevo* que hoy nos hace falta no es el que escribió, hará un cuarto de siglo, Tamayo.

.

Y basta de teatro. Volvamos, en las revistas sucesivas, a nuestros *libres*, sordos al *tole tole* del público de los estrenos. No hablaremos ya de la escena hasta que el tiempo nos diga si estas nobles tentativas de ahora dan fruto o pueden más la crítica superficial y las preocupaciones tradicionales.

Sigo siempre con gran atención y mucho interés los cambios que va experimentando en nuestra patria la prensa periódica, cuya importancia para toda la vida de la cultura nacional es innegable, cualquiera que sea la opinión que se tenga de su influencia benéfica o nociva. Lejos de todas las exageraciones, lo más prudente es reconocer que el periodismo, y particularmente el periodismo español, tiene muchos defectos y causa graves males, así en política como en religión, derecho, arte, literatura, etc., etc.; pero sin negarse a la evidencia, no es posible desconocer que tales daños están compensados con muchos bienes, y sobre todo con el incalculable de cumplir un cometido necesario para la vida moderna, y en el cual es el periódico insustituible.

Por lo que toca las letras, hay épocas en que la prensa española las ayuda mucho, les da casi, casi la poca vida que tienen; esto es natural en un país que lee poco, no estudia apenas nada y es muy aficionado a enterarse de todo sin esfuerzo; mas por lo mismo, por ese gran poder que el periodismo español tiene en nuestra literatura, cuando la prensa se tuerce y olvida o menosprecia su misión literaria, el daño que causa es grande.

A raíz de la revolución, y aún más, puede decirse, en los primeros años de la restauración, el periódico fue aquí muy literario y sirvió no poco para los conatos de florecimiento que hubo. Hoy, en general, comienza a decaer la literatura periodística, por el excesivo afán de seguir los gustos y los vicios del público en vez de guiarle, por culpas de orden económico y por otras causas que no es del caso explicar. La crítica particularmente ha bajado mucho, y poco a poco van sustituyendo en ella a los verdaderos literatos de vocación, de carrera, los que lo son por incidente, por ocasión, en calidad de medianías.

Por lo mismo que existe esta decadencia, son muy de aplaudir los esfuerzos de algunas empresas periodísticas por conservar y aun aumentar el tono literario del periódico popular, sin perjuicio de conservarle sus caracteres peculiares de papel ligero, de pura actualidad y hasta vulgar, ya que esto parece necesario. Entre los varios expedientes inventados a este fin, puede señalarse la moda del cuento, que se ha extendido por toda la prensa madrileña. Es muy de alabar esta costumbre, aunque no está exenta de peligros. Por de pronto, obedece al afán de ahorrar tiempo; si al artículo de fondo sustituyen el suelto, la noticia; a la novela larga es natural que sustituya el cuento. Sería de alabar que los lectores y lectoras del folletín apelmazado, *judicial* y muchas veces *justiciable*, escrito en un francés traidor a su patria y a Castilla, se fuesen pasando del novelón al cuento; mejorarían en general de gusto estético y perderían mucho menos tiempo. El mal está en que muchos entienden que de la novela al cuento va lo mismo que del artículo a la noticia: no todos se creen Lorenzanas; pero ¿quién no sabe escribir una noticia? La relación no es la misma. El cuento no es más ni menos arte que la novela: no es más difícil como se ha dicho, pero tampoco menos; es otra cosa: es más difícil para el que no es *cuentista*. En general, sabe hacer cuentos el que es novelista, de cierto género, no el que no es artista. Muchos particulares que hasta ahora jamás se habían creído con aptitudes para inventar fábulas en prosa con el nombre de novelas, *han roto* a escribir cuentos, como si en la vida hubieran hecho otra cosa. Creen que es más modesto el papel de cuentista y se atreven con él sin miedo. Es una aberración. El que no sea artista, el que no sea poeta, en el lato sentido, no hará un cuento, como no hará una novela. Los alemanes, aun los del día, se precian de cultivar el género del cuento con aptitudes especiales, que explican por causas fisiológicas, climatológicas y sociológicas: Pablo Heyse, por ejemplo, es entre ellos tan ilustre como el novelista de novelas largas más famoso, y él se tiene, y hace bien, por tanto como un Freitag, un Raabe, o quien se quiera.- Además, entre nosotros se reduce en rigor la diferencia de la novela y del cuento a las dimensiones, y en Alemania no es así, pues como observa bien Eduardo de Morsier, *El vaso roto*, de Merimée, que tiene pocas páginas, es una verdadera novela *(roman)*, y *La novela de la canonesa*, de Heyse, es una *nouvelle* y ocupa un volumen. En España no usamos para todo esto más que dos palabras: cuento, novela, y en otros países, como en Francia, v. gr., tienen *roman, conte, nouvelle* u otras equivalentes. Y sin embargo, el cuento y la *nouvelle* no son lo mismo. Pero lo peor no es esto, sino que se cree con aptitud para escribir cuentos, porque son cortos, el que reconoce no tenerla para otros empeños artísticos. El remedio de este espejismo de la vanidad depende, en el caso presente, de los directores de los periódicos.

De todas suertes, bueno es que las columnas de los papeles más leídos se llenen con narraciones y desahogos que muchas veces son efectivamente literarios, hurtando algún espacio a los pelotaris, a las causas célebres, a los toros y a los diputados ordinarios.

¿Y LA POESÍA?

- I -

Hay muchos que juzgan el mundo por lo que sucede en el barrio en que ellos viven.

No falta, por ejemplo, quien dice que el sistema representativo está perdido, inservible, porque en España no se puede votar sin un botiquín de campaña.

Ya hay críticos que dicen: «¿poesía?, déjese usted de eso; se acabó la poesía. Ahora prosa, prosa y nada más que prosa».

Estos son críticos de barrio. Por lo que pasa en España juzgan el mundo entero.

Sí; hay poesía: y prueba de ello es que, en muchos países, a los maestros que se fueron o se van, reemplazan poco a poco jóvenes de gran inspiración llenos de pensamiento y hábiles y abundantes en el empleo de la forma.

Así, no profeticemos tristezas ni años de hambre para el mundo entero.

En Francia, en Portugal, en Italia, sin alejarnos de la vecindad, encontramos poetas jóvenes, vigorosos, que piensan y sienten, y que dentro o fuera de escuela literaria o filosófica determinada, escriben con arranques de energía espontánea; y aunque algunos alambican, retuercen y hasta dislocan el estilo y buscan en la idea y en la pasión la quinta esencia, aun esto lo hacen con fuerza y gracia, sin sugestión extraña.

En nuestra tierra ya es otra cosa; la poesía decae de tal manera, que amenaza próxima muerte, y lo que es más triste, muerte sin sucesión.

Da mucha pena pensar lo que será la poesía española el día que Campoamor y Núñez de Arce, que no son jóvenes, se cansen de producir poemas.

Ni un solo nombre, ni uno solo, puede hablarnos de una esperanza.

Campoamor y Núñez de Arce van a ser, no se sabe por cuánto tiempo, los últimos poetas castellanos, dignos, por la idea y por el estro, de tal nombre.

Desde ellos se cae en el pozo de la vulgaridad ramplona, del nihilismo más desconsolador, de la hojarasca más gárrula y fofa.

¡Y Campoamor tiene sesenta y cinco años y está cansado!

Y el mismo Núñez de Arce, más joven, se desanima al verse tan solo, y trabaja poco, y muy de tarde en tarde publica un poema que es un nuevo triunfo para él, pero que no revela nuevos caminos, ni anuncia más que la gloria, ya consolidada, de su autor.

Campoamor y Núñez de Arce, que nunca se encuentran ni se buscan, son dos reyes solitarios sin súbditos. Los dos aspiran a fundar escuela, pero a estas horas ya deben de estar convencidos de que estaban criando cuervos o grajos, a juzgar por las canciones de los discípulos. Al autor de los *Pequeños poemas* no le costó gran trabajo convencerse de que sus imitadores eran unos majaderos. Al principio hasta les daba de comer y les repartía destinos. Le inundaron la casa y hubo que barrerlos. Hoy apenas hay ya *pequeños poetas.*

Núñez de Arce, que toma muy en serio la literatura, dio también más importancia a los discípulos, y los apadrinó con entusiasmo. A mí me parecía imposible que una noble pasión cegara al insigne poeta hasta el punto de hacerle esperar algo bueno de aquellos muchachos que no tenían nada en la cabeza, ni en el corazón, ni siquiera en el hígado. Se les llenó del desprecio que como literatos merecían, y ni uno de ellos supo escupir un poco de hiel en forma de *yambo*, ni siquiera de *endecasílabo escultural*, que es el metro que prefieren. El que más, acertó a alquilar gacetilleros en los periódicos cursis para echárselos a las pantorrillas a la crítica implacable y burlona. A ningún discípulo de esos dos notables poetas se les ocurrió tener una idea, una forma, y menos una pasión suya. Ni siquiera tuvieron esa especie de imaginación fría con que muchos hombres de talento vivo y vario consiguen parecerse a los poetas, imaginación con que se inventan creencias filosóficas y religiosas, aventuras, llagas del alma y otras falsedades, amenas cuando están bien manejadas.

Ni un solo ingenio se presentó a imitar con éxito mediano las tristezas, las alegrías, las locuras sublimes del genio legítimo.

La juventud actual no tiene un solo poeta verdadero en España.

De las dos grandes fuerzas ideales que se disputan el mundo civilizado, ninguna tiene en España un poeta que pueda decir que es suyo. En este punto, ni Campoamor ni Núñez de Arce, que valen tanto, pueden ser citados. Campoamor y Núñez de Arce son católicos; si se les pregunta a la tradición cristiana, a la tradición filosófica y a la tradición social si los quieren por representantes suyos en la poesía, dirán que no, y mil veces lo han dicho, porque Campoamor es un católico que pasa la vida diciendo herejías en versos irreprochables, y Núñez de Arce vacila constantemente entre la duda y la fe, y la ira que demuestra contra lo que le hace dudar, no se convierte jamás en acendrado amor a lo que anhela creer.

No; no hay en España ahora un poeta que cante la vida antigua, el mundo que se va, el cielo que se obscurece, lo que adoró la España de tantos siglos. La tradición no tiene más poetas que *El Siglo Futuro.*

Y a la vida nueva, a la libertad, al pensamiento independiente, al espíritu reformista, emprendedor y activo de la sociedad moderna les sucede lo mismo; no tienen en nuestra poesía representante genuino. Campoamor es paradójico, es revolucionario a su modo en la retórica; tal vez el fondo último de sus ideas es de negación de la fe antigua, pero no es revolucionario de los usos, sino de las ideas; podrá no amar el mundo que muere, pero tampoco ama el que nace; es un conservador más verdadero de lo que parece; es un escéptico respecto del progreso; no cree en él, es misántropo si se le apura; piensa en sí mismo, y a veces en Dios, por lo que a él mismo le importa. Campoamor no es *altruista* en sus versos, aunque tal vez lo sea en la vida real, en que positivamente es muy bueno.

Núñez de Arce, que ha dicho a Voltaire: «Maldito seas»; que se ha burlado del transformismo, que siente dudar de la fe de sus padres, no es tampoco, ni quiere ser, el poeta del libre examen, el que rompe toda relación de dependencia con creencias tradicionales y vive en plena libertad con la musa.

Y no hay más.

Los otros, los que escriben versos sin deber escribirlos, podrán ser muy liberales o muy tradicionalistas, pero no son poetas.

Insistiré en esta materia, porque toda verdad es fecunda, aunque sea amarga, y conviene por muchos conceptos reconocer la pobreza poética de España en estos días.

Sé que muchos jóvenes de los que se dedican a escribir versos piensan que les tengo mala voluntad. Otros creen que se trata de hacerse notar a costa de ellos, diciendo perrerías de sus canciones, y, por último, no falta quien achaque esta persecución al propósito del sectario que aborrece la poesía y quiere que no se escriban más versos en España. No hay nada de eso.

A mí me parece ridículo pretender acabar con la literatura rimada. Cuando aparecen verdaderos poetas, no hay cosa mejor que sus versos; y no me refiero a esos grandes luminares que se llaman Goëthe, Víctor Hugo, Musset; no, aunque no valgan tanto, todavía pueden ser dignos de admiración y el mejor ornamento del Parnaso, como diría Cañete. Pero en España, ahora, en estos míseros días, no hay más poetas que escriban en español que Núñez de Arce y Campoamor; los demás no son poetas, no son hombres de ingenio, no tienen intención, ni fuerza, ni gusto; Grilo, Velarde, Ferrari y Shaw, que gozan su fama respectiva entre la gente *cursi* que lee algo, son, los tres primeros, hombres vulgarísimos, y el último un niño que sólo promete ser un Grilo de arte mayor.

Esta es la verdad lisa y llana. La generación nueva, la que nació a la vida pública bajo la Restauración, no ofrece grandes esperanzas; pero a lo menos en otros ramos de la actividad intelectual tiene representantes que algo valen, y algunos, poquísimos, que valen mucho. Pero en poesía lírica no tiene nada, absolutamente nada.

Lo cual no quita que en el Ateneo y en los periódicos se descubra un Espronceda o un Zorrilla cada pocos meses.

Pasma ver cómo aplauden gacetilleros y ateneístas las más insignes vulgaridades, como si fueran chispazos de inspiración lozana, original y fuerte. No ha mucho que un poeta de esos leía, y publicaba después en un libro, un poema que contiene más dislates que palabras, más vulgaridades que dislates, y carece de sentimiento, de idea, de estilo y hasta de gramática. Pues no faltó quien dijera y repitiera en letras de molde que todo aquello era obra de Benvenuto Cellini y que aquello era cincelar... ¡Cincelar, Dios mío, lo que no es más que raspar la pared con un vidrio para dar escalofríos a las personas nerviosas!

Es el caso que estos elogios los escribe, por lo común, la misma pluma que el resto de la semana se está empleando en delatar alcantarillas rotas, focos de irregularidades y demás inmundicias más o menos municipales. ¿Quién manda a esos ediles, y no curules, meterse donde no les llaman, y llamar poeta y Benvenuto a cualquier señorete que coge y descubre que sabe encontrar consonantes y enjaretar despropósitos que coloca en la Edad Media o en la moderna, o en la eternidad misma, si se le antoja? ¿Por qué han de creer, los que no saben nada, que para escribir de materia artística sobra todo lo que sea saber algo? ¿Por qué han de pasar por críticos esos que hacen alarde tosco y rústico, digno de los Britos y Blases de Tirso, de ignorar el griego y el latín, y de creer que nadie conoce tan recónditas *clerecías*? Porque hay gentes así, y porque los tales escriben en periódicos de circulación grande, estamos como estamos, y puede a muchos parecer atrevimiento y hasta amanerada desfachatez osar decir, como yo oso -y tres más-, que fuera de los autores citados al principio, aquí no escribe versos en español ningún verdadero poeta.

Por otros caminos van los pocos jóvenes que en literatura valen algo; y aunque Menéndez Pelayo ha escrito entre otros medianos, muchos versos bien sentidos, de forma clásica verdaderamente correcta, tampoco se puede decir que el admirable joven, el pasmo santanderino, sea ni se tenga por poeta en la acepción en que lo son los Hugo, los Zorrilla, etc. Por lo demás, sus poesías valen más, por supuesto, que las de esos ignorantuelos sin gracia, ni delicadeza, ni gusto, ni intención, ni vigor, ni sentimiento, que el Ateneo y los gacetilleros elevan a las nubes, mientras se ríen del que ellos llaman traductor detestable de Horacio, y que por cierto no es tal traductor.

Así como decía con mucho tino y juicio Fernanflor que no tenemos ópera nacional por la sencilla razón de que no la tenemos, faltan en nuestra juventud los poetas por la razón sencillísima de que faltan; y si se puede jurar (que sí se puede) que no hay ninguna ópera española digna de universal admiración, también se puede decir que ninguno de los que escriben en verso, entre los jóvenes literatos españoles, es ni siquiera artista en la acepción rigorosa de la palabra.

Pero no se tome esto como signo general de los tiempos. Portugal tiene poetas jóvenes, tiene uno, por lo menos, que vuela con todo el aliento necesario para llegar al cielo; en Francia, donde tanto habla la crítica de cierto orden de amaneramiento, decadencia y falta de ideal, también hay jóvenes de fantasía brillante, de gusto delicado, estilo fuerte y propio, maestros de la rima y del color, que escriben libros de poesías en que podrá verse, si se quiere, la enfermedad de un alma, el cansancio de un pueblo, el abuso de la vida, pero sin que pueda negarse originalidad, sentimiento, idea clara y profunda, ingenio sutil, no enclenque. En la historia de la poesía francesa podrán ser un día estos poetas los representantes de una decadencia; podrá decirse de ellos, en cierto modo, lo que se dijo de la baja latinidad; pero no se les negará importancia, ni genio, ni que fuesen la expresión fiel en el arte de su tiempo y de su tierra.

Y de nuestros rimadores barbilindos, y a veces bobalicones, ¿qué se dirá? Nada absolutamente. En sus versos nihilistas no se revela más que *la lucha por el consonante*; no son creyentes, no son escépticos, no aman la tradición, no la desprecian, no la embellecen, no la satirizan, no buscan nada, nada encuentran, viven en el limbo; por ellos no sabrá nadie lo que la juventud sentía en España en el último cuarto del siglo XIX, cuando se nos moría el cuerpo, robusto un día, de la fe, y nacía débil, sietemesino, callado como un muerto, ridículo por la forma, el pensamiento libre, sin oír en sus sueños reparadores de la infancia el arrullo de las canciones de un poeta. ¡Poeta del libre pensamiento! Tal vez hay uno; pero ese habla en el Congreso y le mide las estrofas el conde de Toreno ¡oh dioses inmortales!, con una campanilla.

Aunque no oso llamarme crítico, en ocasión tan seria y solemne, a lo menos, algo muy pensado y muy sentido puedo y tengo de decir, no sólo del teatro de Zorrilla, sino de todo lo que fue el gran poeta; pero esto no cabe en improvisaciones de tal género; y consagrar al estudio de Zorrilla mucha atención y mucha lectura es para mí hasta un deber sagrado, pues en una súplica cortés, la mayor honra que recibí en mi humilde vida literaria, el maestro inmortal indicó el deseo de que yo ¡tan indigno!, hablara de sus cosas; y en carta, que ha de conservar el doctor Cano, consta esa voluntad del poeta.- Mas antes que yo la cumpla ha de pasar tiempo, pues para considerarme lo más digno que pueda de tal honor, necesito estudiar, meditar mucho, y hasta cierta purificación de espíritu, de modo que yo a mis solas entiendo.- Conste, por lo tanto, que lo que ahora escribo no es un juicio definitivo, ni total siquiera acerca de Zorrilla como poeta dramático. No tengo en la memoria todas las escenas de sus muchas comedias; es claro que ni una sola de estas he dejado de leer, pero hay varias que no puedo tener presentes y no hay tiempo, en el plazo que me dan, para repasarlas. Y sin embargo un juicio completo del poeta dramático no puede formarse sin recordar todas sus obras de este género; no quiero hacer como otros que pretenden juzgar todo el teatro de Zorrilla tomando en cuenta tres o cuatro de sus dramas principales. No está todo Zorrilla dramaturgo en *Don Juan Tenorio, Traidor, inconfeso y mártir* y *El zapatero y el rey*, segunda parte, aunque en eso esté lo mejor de tal Zorrilla.

No pudiendo juzgar su teatro en general, escojo por materia aquella parte de que puedo decir algo con más clara conciencia de lo que digo; escojo hablar de las obras de Zorrilla que he visto representadas. Como indica *Fernanflor*, tratando de este poeta, no cabe apreciar la obra teatral en todo su valor si no se ve en las tablas. Esto, en general, es cierto, particularmente respecto del teatro moderno. Yo he visto *Don Juan Tenorio* muy bien representado por Calvo y Elisa Boldún; he visto *El zapatero y el rey* (2.ª parte) representado admirablemente por Vico y Perrín; he visto *Traidor, inconfeso y mártir...* medianamente representado por un galán que opinaba, al parecer, que Gabriel Espinosa debía de semejarse mucho a D. Nicolás Salmerón. He visto también *El puñal del godo...* a muchos aficionados, y he visto algún otro drama del insigne autor a cómicos medianos, sin conservar claro recuerdo de estos últimos espectáculos. Hablaré no más de *Don Juan, Traidor,* etc., y *El zapatero y el rey*, aunque en las reminiscencias de otros dramas (v. gr. *El eco del torrente, Vivir loco y morir más*) se fundarán algunas de las siguientes observaciones.

Zorrilla es ante todo un poeta lírico... mas a condición de dar a la palabra un sentido lato que pueda comprender el elemento épico, pero muy *musical*, de las leyendas y en general de la vena descriptiva y narrativa, tan abundante, rica y *poética* en Zorrilla. Para Taine, Zorrilla, si pudiera conocerlo, sería el poeta por excelencia a juzgar por lo que dice el crítico francés del poeta inglés antiguo que más lleno de poesía le parece. En nuestro gran romántico hay mucha más imaginación que sentimiento; siente y piensa pintando y cantando el mundo exterior; hasta lo más hondo en él es en cierto modo exterior: su religiosidad patriótica, su patriotismo legendario. La *psicología* de Zorrilla está como incorporada a la *psicología nacional*, como diría un alemán: es lo más *íntimo* de Zorrilla un capítulo de la *psicología estética* de España: tal vez, como el de Castelar, uno de los más importantes en el siglo XIX.

La poesía de Zorrilla es principalmente el amor a la patria en su historia, pero en la historia artísticamente transportada, la historia en lo que tiene de leyenda: mas téngase en cuenta también que la *leyenda es historia*. Sí, ya se ha dicho: la leyenda es parte de la historia de los que forman y creen la leyenda.

Este carácter general, predominante de la poesía zorrillesca (mal adjetivo por la terminación), alcanza al teatro. La *leyenda* es ya un género intermedio, y sin brusca transición llega Zorrilla a su drama, también legendario (o leyendario). Sus dramas mejores son leyendas patrióticas llevadas con gran maestría, con perfecto *desarrollo* dramático a la vida real de las tablas. Por ser el teatro de Zorrilla un natural complemento de su genio, no se puede decir de este gran lírico lo que se dijo de Gœthe y de Víctor Hugo: que sus dramas eran inferiores a su obra lírica. No; *Don Juan Tenorio* no es inferior a nada. Yo admiro los *Cantos del Trovador*, yo admiro otras muchas poesías de Zorrilla, pero no más que el Don Juan *sugestivo*, que se filtra en la celda y en el alma de Doña Inés y que la enamora a orillas del Guadalquivir, y nos enamora a todos.

Es claro que *Don Juan Tenorio* es el mejor drama de Zorrilla. *El Trovador* y *Don Juan Tenorio* son los mejores dramas de todos los españoles del siglo XIX. Digo que son los mejores, no los más perfectos; eso no, antes los más imperfectos entre los mejores. Yo admiro también el *Don Álvaro*, admiro *Traidor, inconfeso y mártir* y también el *Los Amantes de Teruel* encuentro las bellezas que cualquiera verá; pero hay un género de hermosura en algunas cosas del *Trovador* y el *Don Juan* que no hay en ninguna otra parte del teatro español moderno. Dejaré ahora el *Trovador*, que tuvo menos suerte que *Don Juan*, pues no se trata aquí de García Gutiérrez. *Don Juan Tenorio* es grande, como lo son la mayor parte de las creaciones de Shakespeare: de un modo muy desigual y a pesar de la desigualdad. Al *Tenorio* le encuentran defectos hasta los estudiantes de retórica; de Hamlet se han burlado Moratín y el mundo entero, y en nuestros días aún Sardou hace poco descubría contradicciones e incongruencias en el ilustre soñador del Norte. En *Don Juan*, aunque no hay ciertas faltas de gramática que han visto el autor y muchos gacetilleros, existen multitud de pecados capitales que condenan, no las reglas de Aristóteles, sino las reglas eternas del arte. En la segunda parte es mucho más lo malo que lo bueno, y aunque al público le interesan vivamente las escenas en que intervienen los difuntos, la belleza grande, lo excepcional queda atrás, en la primera parte. El que se precie de hombre de cierto buen gusto necesita ser capaz de admirar con inocencia y sin cansancio, y admirar la belleza donde quiera que esté, aunque, la rodee lo absurdo. Una buena prueba de gusto fuerte, original, se puede dar entusiasmándose todos los años, la noche de ánimas, entre el vulgo bonachón y nada crítico, al ver a Don Juan seducir a doña Inés y burlarse de todas las leyes.

Parece mentira que sin recurrir a la ternura piadosa se pueda llegar tan adentro en el alma como llegan la frescura y el esplendor de la primera parte del *Don Juan*. La seducción *graduada* de Doña Inés la siente el espectador, ve su verdad porque la experimenta. Triunfo extraño, tratándose del público de los varones, porque por lo común a los hombres nos cuesta trabajo figurarnos lo que las mujeres sienten al enamorarse de los demás. ¿Cómo puede gustar el varón?, se dice el varón constante. Pues cuando el arte llega muy arriba vemos el amor de la mujer explicado, porque de cierta manera anafrodítica nos enamoramos también de los héroes. Este es el triunfo del *Tenorio*; que nos seduce, y por esta seducción se lo perdonamos todo: pecados morales y pecados estéticos.

Traidor, inconfeso y mártir no se ha de comparar a *Don Juan*, si se compara es que no se comprende qué clase de excepción es el *Tenorio*; es más, comprendo que el que compare ambos dramas vea superioridad en el que Zorrilla prefería.

En pocas partes se parece menos Zorrilla a sí mismo que en *Traidor, inconfeso y mártir*; no porque falten aquí sus facultades poderosísimas, sino porque faltan sus defectos, tan suyos; por los que se le reconoce como si fueran un estilo. En punto a forma correcta, noble, eufónica, eurítmica el *Traidor* es una maravilla, y tratándose de su autor maravilla doble. El *Traidor* es a Zorrilla lo que *El castigo sin venganza* a Lope. Hasta en la composición sabia, ordenada, sobria y atenta al contrapunto dramático, Zorrilla parece otro; y eso que se debe notar que a pesar de haber escrito el gran poeta casi todas sus obras a *la diable*, como él mismo declara, el gran instinto dramático que tiene le da hechas casi siempre unas exposiciones, unos primeros actos que son obras maestras de lo que las reglas clásicas piden en esta materia para despertar el interés y atraer con la armonía. Sea ejemplo este mismo drama, el *Traidor*, y sea ejemplo el primer acto de *El zapatero y el rey*, primera parte.

En cuanto al fondo, sería absurdo igualar a Gabriel Espinosa con Don Juan; el pastelero es un romántico *misterioso* más, de la clase de los ilustres, sí; pero un producto del romanticismo de la época como lo es también Doña Aurora, digna compañera de la valiente Doña Mencía de García Gutiérrez y de la Isabel de Hartzenbusch; pero Don Juan y Doña Inés no son *románticos...* son clásicos, del clasicismo perdurable.

El zapatero y el rey, segunda parte, yo no puedo juzgarlo serenamente, porque es el libro por que aprendí a leer, y que me hizo de por vida aficionado a las letras. Lo sé de memoria, y cuando hace un año Vico lo representaba en Gijón, pude advertirle, con gran asombro suyo, que se había comido una redondilla en el monólogo del primer acto.

Una de las cosas más tiernas, más naturalmente sentimentales que ha ideado Zorrilla, es la amistad de D. Pedro el Cruel y el zapatero y capitán Blas Pérez, amistad que comienza en el primer acto de la primera parte y acaba en el campo de Montiel, al terminar la segunda. El Don Pedro de Zorrilla no es ni más ni menos histórico que el de muchos eruditos, pero en la historia *poética* de España es rigorosamente clásico.

También Don Pedro enamora; desde que tengo uso de razón, y aun desde antes, yo soy un *vasallo* fiel de Don Pedro; y siendo republicano, también desde niño, para darme cuenta de lo que podían sentir los monárquicos sinceros, cuando los había, cuando lo eran por la *gracia* del rey, no por el compromiso constitucional, necesito recordar lo que yo sentía por el hermano de D. Enrique, por el *león* acorralado en el castillo de Montiel.

Y esta impresión viva, *natural*, fuerte del *patos* realista se la debo a Zorrilla. Don Pedro, como Don Juan, tampoco es romántico a lo misterioso y *fatal* como lo son Don Álvaro, el pastelero de Madrigal, etc., etc. Don Pedro es romántico como lo son los Don Pedro del teatro español antiguo y otras grandes figuras de Lope, Calderón, Tirso, Rojas, etc., etc.

El zapatero y el rey también ofrece en la composición mucho que admirar, arte exquisito, sobre todo en el segundo acto, que es un cuadro, cuando se representa bien, digno de Rojas en su mejor inspiración, digno de Lope cuando *quiere*. Y de ellos parece.

Y a todos ellos se parece el romanticismo de Zorrilla en sus dramas mejores, si no en el modo de entender el asunto, en la forma dramática y en la poética.

Se va el correo y tengo que terminar este articulejo; pero si tuviera tiempo me detendría a considerar, que si nada hay más anticuado por ser muy de su tiempo exclusivamente, que el romanticismo formal de los versos de Zorrilla mismo en muchas de sus poesías líricas primeras y el de los versos de algunos contemporáneos suyos, lo que es la *forma* retórica de los dramas principales de Don José, ni está anticuada, ni lo estará ya nunca, porque tienen la frescura de lo criado para eterno... eterno a lo menos mientras haya castellano. Sí, cabe decirlo, sin declamaciones ni hipérboles: no se concibe que muera la forma de Zorrilla, dramática y lírica, mientras haya quien sepa español. Zorrilla es ante todo, en el teatro y fuera, el *poeta del idioma*; no uno de esos que tienen toda la poesía en las palabras; no es eso; no es poeta formal en este sentido. Es que el idioma es un *verbo*, el *verbo* nacional, y la musa de Zorrilla es el *verbo* de su patria, el poético.

En la lengua castellana *late* un genio nacional; este genio encarna principalmente no en aquellos grandes artistas que serían elocuentes en cualquier idioma, sino en los que, como Castelar en prosa y Zorrilla en verso, no se concibe que sean poetas más que en castellano.